WYTHNOS RYFEDD GWILYM PUW

I'r athrawon

WYTHNOS RYFEDD GWILYM PUW

NEIL ROSSER

y Lolfa

Diolch i Shôn Williams am ei gefnogaeth yn cael y llyfr yma i'r wasg.

Diolch i Alun a Cedron am eu gwaith golygu.

Diolch i Lefi am y cyfle.

Diolch i'r ferch o Port am bopeth arall.

Argraffiad cyntaf: 2025
© Hawlfraint Neil Rosser a'r Lolfa Cyf., 2025

Cynllun y clawr: Sion Ilar

Rhif Llyfr Rhyngwladol: 978 1 80099 694 6

Dymuna'r cyhoeddwyr gydnabod cymorth ariannol
Cyngor Llyfrau Cymru

Cyhoeddwyd ac argraffwyd yng Nghymru
ar bapur o goedwigoedd cynaliadwy gan
Y Lolfa Cyf., Talybont, Ceredigion SY24 5HE
e-bost ylolfa@ylolfa.com
gwefan www.ylolfa.com
ffôn 01970 832 304

Dydd Gwener:
19/9/2015

DIHUNODD GWILYM YN ei wely drud ac ar fatras oedd yn dda iawn i'w gefn. Diwrnod arall o ddewisiadau. Y radio digidol fyddai'n deffro Gwilym bob bore, ac roedd mor hoff o'r radio digidol am ei fod yn rhoi dewis o 300 gorsaf radio iddo. Radio Cymru wnaeth ei ddeffro y bore hwnnw a phob bore arall, o ran hynny, er ei bod yn rhyddhad gwybod y byddai ganddo yr opsiwn o allu dewis un o 299 gorsaf radio wahanol fore trannoeth. Cusanodd ei wraig Ema a hithau yn dal i gysgu.

Doedd dim rhaid i Ema weithio am fod Gwilym yn ennill cymaint. Gwnaeth Ema aberthu gyrfa lwyddiannus fel athrawes, er mwyn gofalu am Cadi Haf, sef unig blentyn y pâr priod. Croten fach dawel a thalentog oedd Cadi Haf, a oedd ar daith ysgol i Efrog Newydd ar y pryd, felly câi Ema hoe fach. Cysgai Ema'n drwm wrth i Gwilym wisgo, ac ni wnaeth ei deffro am fod hwyliau Ema yn hollol ddibynnol ar gael digon o gwsg.

Gwisgodd Gwilym ei grys gwaith ffurfiol – glas golau. Dewisodd dei goch i fynd gyda'r crys, er nad oedd yn siŵr a oedd y cyfuniad yn gweithio ai peidio. Penderfynodd yn erbyn dihuno ei wraig i holi am gyngor, gan na fyddai hynny yn deg ar Ema. Wedi gwisgo, aeth Gwilym i'r gegin a throi'r teledu digidol ymlaen. Roedd Gwilym yn hoff o'r teledu digidol am ei fod yn rhoi dewis o dros 300 sianel iddo. Y bore 'ma, dewisodd raglen BBC1 *Breakfast*. A dweud y gwir, byddai'n ei gwylio bob bore.

Roedd y gegin yn anferth, gyda digon o le i gadw bwrdd snwcer maint llawn ynddi. Y cypyrddau wedi eu gwneud o dderw, â'u drysau'n cau heb angen dim mwy na chlep fach dawel. Roedd y topiau wedi eu creu o slabiau gwenithfaen trwchus ac yn gorwedd fel cerrig beddi oer. Yng nghhornel y gegin roedd yr oergell – saith troedfedd mewn uchder ac o liw arian. Roedd nifer o oleuadau ar ddrws yr oergell a fyddai'n rhybuddio'r perchennog pan fyddai rhywbeth ar fin troi. Agorodd Gwilym ddrws yr oergell er mwyn estyn y llaeth, ac wrth iddo wneud ymddangosodd golau gwyn llachar. Roedd yn gampwaith technolegol. Yn y drws, daeth o hyd i beint o laeth a oedd ar fin troi'n iogwrt. Ar silff arall roedd lwmpyn o gaws a hwnnw, erbyn hyn, wedi troi'n wyrdd; ac yn cwato o dan focs pitsa roedd paced dros-ei-ddyddiad o salami. Rhaid mai gwynt y bwydydd hen oedd yn achosi i'r goleuadau fflachio ar y drws. Ware teg i Ema... doedd dim amser gyda hi i siopa, meddyliodd mewn ffordd sarcastig – o gofio bod Cadi Haf ar wyliau.

Amser gwneud coffi, a rhaid wrth goffi cryf iawn bob bore. Agorodd ddrws y cwpwrdd coffi lle roedd pum dewis o goffi iawn yn aros amdano. Dewisodd y *'Columbian Dark Vanilla Roast – Strength 4'*. Roedd y peiriant gwneud coffi yn un ardderchog, y gorau, wrth gwrs. Gallai baratoi:

mocha, espresso, cappuccino, latte, americano – ac unrhyw gyfuniadau o'r rhain. Cytunai Gwilym ac Ema ei bod hi'n bwysig cael digon o ddewis o wahanol fathau o goffi, yn enwedig pan fyddai rhai o'r cymdogion yn galw. Er bod Gwilym yn hoff iawn o'r peiriant – a'i fod am gael cwpaned o goffi da – roedd mewn ychydig o hast y bore hwnnw, a byddai sicrhau cwpaned iawn yn cymryd saith munud gyfan. Penderfynodd mai glased bach o ddŵr fyddai orau, yn enwedig gan fod y dystiolaeth feddygol ddiweddaraf yn argymell yfed pum litr o ddŵr bob dydd. Rhaid iddo gyfaddef nad oedd bob amser yn cyrraedd y targed hwnnw, oherwydd diffyg amser a phledren canol oed.

Caeodd y cwpwrdd coffi. Yfodd Gwilym lased bach o ddŵr o ddrws yr oergell yn hytrach na'r *Dark Vanilla Roast.* Wrth arllwys y dŵr fe oleuodd arwydd ar y drws i ddweud wrtho fod tymheredd y dŵr yn dair gradd yn gwmws. Diolch byth am y wybodaeth honno, meddyliodd; does 'na ddim byd gwa'th na dŵr rhy dwym – neu ddŵr rhy o'r. Brecwast syml amdani. Byddai darn bach o dost yn ddigonol. Ymhyfrydai yn y ffaith fod y peiriant gwneud tost hefyd yn werth ei weld, gan fod ynddo le i chwe darn o dost. Gwyddai ei bod yn bosib dewis y tymheredd tostio ar gyfer pob tocyn yn unigol, neu ddewis *slightly toasted, medium toasted* neu *very toasted* o'r ddewislen ar ochr y peiriant. Byddai Ema a Gwilym weithiau'n rhannu jôc taw *bloody cremated* oedd yn ymddangos ar ôl *very toasted.* Gellid disgrifio'r peiriant yn gelficyn a oedd wedi ei orffen mewn *stainless steel* ac felly roedd yn cydweddu â'r peiriant coffi. Dewisodd *medium toasted* a mynd i mofyn toc o fara.

"Damo. Dim blydi bara," rhegodd yn uchel. Rhaid gweud iddo gael ychydig o siom o weld nad oedd dim bara, ond dyna fe, roedd pawb yn gwybod fod bwyta gormod o *carbs* yn ddrwg i'r corff – a byddai mynd heb dost am un bore ddim yn ei ladd. Wedi'r cwbl, roedd yn rhaid iddo gyfaddef bod Ema wedi bod yn gweithio'n galed iawn yn ddiweddar ac felly heb gael cyfle i siopa, er nad oedd yn deall sut yn union roedd hyn yn bosib gan fod eu hunig ferch i ffwrdd.

Roedd Gwilym yn caru Ema, er bod eu priodas braidd yn ddi-fflach bellach; yn gyfforddus, fel hen sliper ledr frown â leinin tartan o *Marks & Spencer*, yn hytrach nag yn gyffrous ac yn rhywiol fel stileto coch.

Amser am y ddefod foreol o sieco ble roedd angen iddo fod ar ôl gwaith. Ar ddrws yr oergell roedd amserlen gweithgareddau Cadi Haf:

Nos Lun – Clarinét

Nos Fawrth – Sbaeneg ychwanegol

Nos Fercher, Wythnos 1 – Ballet

Nos Fercher, Wythnos 2 – Jiwdo

Nos Iau – Mathemateg ychwanegol

Nos Wener – Piano (Gradd 8 yn barod)

Bore Sadwrn – Nofio.

Wrth sieco, sylweddolodd mai taith wedi'i threfnu gan Gerddorfa'r Sir oedd taith Cadi Haf i Efrog Newydd. Ema fyddai'n gwneud y gwaith tacsi i Cadi Haf, fel arfer, er mwyn sicrhau bod ei diddordebau amrywiol yn datblygu.

Roedd Gwilym ac Ema yn cytuno ar bwysigrwydd rhoi cyfleon i'w hunig ferch. Y cytundeb oedd – Gwilym i edrych ar ôl ei yrfa ac Ema i edrych ar ôl popeth arall.

Wedi yfed y dŵr – perffaith ei dymheredd – aeth 'nôl lan y grisiau i weud 'Da bo' wrth Ema, a oedd yn dal i gysgu'n sownd ac yn chwyrnu ychydig – er taw "anadlu'n drwm" roedd y pâr priod wedi cytuno i alw'r sŵn anffodus. Ware teg, meddyliodd, doedd dim ishe dihuno Ema heb ishe. Cusanodd ei wraig ar ei boch, a bant â fe.

Agorodd ddrws y BMW ac eistedd yn y sedd ledr gyfforddus. Roedd yn hoff o wynt y lledr ac ansawdd Almaenig y car. Trodd yr allwedd a goleuodd y *dash*, gan wneud iddo deimlo fel petai mewn parti tân gwyllt. Teimlai'n fodlon ei fyd yn sgil y wybodaeth eang oedd gan y car i'w gyfleu. Cytunai Gwilym ac Ema ei bod mor bwysig cael car â lot fawr o oleuadau ar y *dash* er mwyn eu sicrhau eu bod yn ddiogel. Dewisodd weld cyfartaledd milltir y galwn ar gyfrifiadur y car a dewisodd Radio Cymru ar y radio, a oedd hefyd yn radio digidol. Dyma'r unig ddau ddewis a ddeallai sut i'w defnyddio ac felly dyma fyddai'r ddau a weithredai bob bore. A bant â fe o'i gartref ar gyrion Caerfyrddin i'r cyfarfod pwysig.

Roedd Gwilym yn Arweinydd Tîm o Arolygwyr Ysgolion ac yn gweithio i Gorestyn. Cyn mentro i'r byd arolygu bu Gwilym yn athro Cymraeg ac yn bennaeth adran yn un o ysgolion Dyffryn Tywi. Bu'n ffodus iawn o gael y swydd yn syth o'r Coleg ac yn fwy lwcus byth o gael y cyfle i weithio yn ei fro enedigol. Brodor o Sir Gâr oedd e, ac yn falch iawn o hynny. Cymerai ddiddordeb brwd yn ei fro, yn arbennig yng nghyfoeth yr hanes lleol a'r dafodiaith unigryw oedd yn prysur ddiflannu wrth i'r ysgolion roi'r pwyslais ar yr iaith safonol ac wrth i'r hen genhedlaeth a'i hiaith gyfoethog farw o un i un.

Cafodd flynyddoedd hapus iawn yn dysgu TGAU a lefel A yn Ysgol Allt y Cnap. Byddai wrth ei fodd pan glywai rai o ddywediadau plant y wlad, fel, "Sens mewn bwyta potsh â rhaw"; "Rhoi'r tŵls ar y bar"; a "Ware wic wew". Byddai'n mwynhau yng nghwmni disgyblion ffermydd y Sir, ac yn cofio cofnodi 'Absennol gyda Chaniatâd' ar ran plant y ffermydd ar y gofrestr bob ddydd Mercher, sef diwrnod y Mart yng Nghaerfyrddin. Heddiw, fyddai e byth yn meiddio torri rheolau cofrestru. Roedd yn hollbwysig glynu'n dynn wrth y rheolau ac yntau'n Arolygwr Ysgolion.

Yn ddiweddar, bu Gwilym yn ceisio dychmygu tybed sut byddai ei fywyd erbyn hyn, pe bai wedi parhau yn athro a heb fentro i'r "ochr dywyll", fel bydd rhai yn disgrifio byd yr arolygwyr. Roedd yn uchel ei barch, yn ennill cyflog da ac yn "gwneud gwaith pwysig", fel y dywedai wrtho 'i hunan – o leia ddeg gwaith y dydd. Gwyddai, felly iddo wneud y dewis cywir wrth adael y byd dysgu.

Maldwyn Morris

Siwrne oddeutu hanner awr oedd gan Maldwyn, y Dirprwy Arweinydd, o'i gartref yn yr Hendy i westy'r Ivy Bush yng Nghaerfyrddin. Un o'r Hendy oedd Maldwyn ac yn byw gatre gyda'i fam, a hithe yn sobor o falch bod ei hunig blentyn wedi dringo mor uchel ym myd addysg.

Un bach main oedd Morris – mwy o gig ar feiro bwtshwr, a gwisgai siwt i'r gwaith oedd ychydig yn rhy fawr iddo.

Rhaid cydnabod na chafodd Maldwyn Morris lwyddiant ysgubol ar ddechrau ei yrfa. Bu'n athro am bum mlynedd yng Nghaerdydd, lle cafodd anhawster rheoli ei ddisgyblion mewn gwersi Mathemateg. Gall disgyblion ysgol uwchradd fod yn greulon, gan ymddwyn fel adar ysglyfaethus yn crynhoi a chylchdroi uwch eu prae. O ganlyniad, gwersi afreolus fyddai gwersi Maldwyn Morris druan, gan ennill iddo enw drwg am ei ddiffyg disgyblaeth. Sylweddolodd yn gyflym iawn fod yna arian rhwyddach i'w wneud wrth roi sylwadau ar wersi athrawon eraill, yn hytrach na pharatoi a chyflwyno ei wersi ei hun. O ganlyniad i brinder athrawon ac arolygwyr Mathemateg cafodd swydd gyda Gorestyn yn weddol ifanc. Hwn oedd y cyfle mawr ac fe fwrodd y gŵr ifanc ei hunan yn frwdfrydig i'r swydd, gan wneud argraff yn syth bin. Daeth yn adnabyddus ymysg arolygwyr eraill am ei ddawn i ddarganfod ffaeleddau ymhob ysgol. Amhosib oedd twyllo na chuddio unrhyw ddiffygion neu gornel fach anniben oddi wrth lygad craff Maldwyn Morris.

Dadansoddi Data oedd ei arbenigedd. Credai Mr. Morris ei bod yn bosib dod i benderfyniad ynghylch safonau dysgu ac addysgu ysgol cyn ymweld â'r safle. Gallai gloi ei hunan mewn ystafell am wythnos, gyda thomennydd o ffeiliau a chyfrifiadur, a dod i gasgliad am y safonau cyn croesi trothwy'r ysgol.

O ganlyniad i'w ddawn fforensig a'i allu i ganolbwyntio am oriau ar ffeithiau ac ystadegau diflas, cafodd y ffugenw "Maldwyn Miniog" ymysg arolygwyr eraill. Roedd yn hoff o'r ffugenw a'r enwogrwydd yn sgil hynny. Sylweddolodd yn gynnar iawn fod arolygwyr yn cael eu hystyried yn rhai gwerth eu halen wrth fod yn llym. Y canfyddiad oedd bod arolygwyr da yn mynd i ffeindio'r gwendidau, ac roedd hyn yn gymhelliant i Morris.

"Mam, Mam, ble ddiawl ma crys dydd Gwener?" gwaeddodd Morris ar ei fam wrth iddo sylweddoli nad oedd crys gwyn dydd Gwener yn ei briod le yn y cwpwrdd.

"Sori, Maldwyn bach. Fi wrthi'n smwddo fe nawr i ti. Ma'r tywydd wedi bod mor wael a dw i wedi 'i cha'l hi'n anodd sychu dillad."

"O, Mam! Ma'n rhaid i fi adel mewn deng munud, er mwyn cyrraedd y cyfarfod cyn pawb arall. Ti'n gwbod yn net bod rhaid i fi gael crys gwyn ar ddydd Gwener, a ma fe'n gorfod bod yn barod nos Iau – fel bod dim hast yn y bore. Ma' oedi'n arwain at ddiffyg prydlondeb a dyw diffyg prydlondeb ddim yn rhan o'r byd Arolygu, Mam."

"Iawn, bach. Ma fe i ti," meddai wrth estyn ei braich drwy ddrws ystafell wely Maldwyn oedd yn gilagored.

"Diolch, Mam," atebodd y mab. "Odi brecwast yn barod?"

"Odi, ar y ffordd, cariad. Aros i'r wy ferwi ac fe fydd popeth yn barod."

"O! Mam, ychan. Ffili credu bod yr wy heb ferwi. Bydda i'n hwyr ar y rât yma. Plis jest cer i orffen paratoi brecwast. Bydda i lawr wap."

"Reitô, 'machgen glân i," atebodd y fam, yn ufudd fel arfer.

Daeth Maldwyn Morris i lawr i'r gegin ac roedd yn falch o weld ei frecwast wedi ei osod yn barod iddo. Dau ddarn o dost gyda'r menyn wedi'i daenu arnyn nhw'n barod, un coffi du, un wy wedi'i ferwi – â'r top wedi ei dynnu ffwrdd – ac afal. Edrychodd Maldwyn ar ei frecwast yn feirniadol; yr un brecwast a gâi bob bore. Dilynai yr union yr un drefn o ran bwyta'r brecwast, sef dechrau gyda'r darn cyntaf o dost cyn symud mlaen at yr wy, wedyn y coffi. Byddai'n mynd â'r ail ddarn o dost i'w fwyta yn y car ac yn mynd â'r afal gyda fe hefyd i'w fwyta am un ar ddeg, pan fyddai pawb arall yn cael saib am goffi.

"Mam, ma'r wy i'w weld damed bach yn rhy feddal," meddai mewn llais nawddoglyd.

"Sori, bach. Ro'dd rhaid i fi dynnu fe mas o'r sosban bach yn gloiach bore 'ma, achos o'n i ddim yn moyn i ti fod yn hwyr, yn dy gyfarfod pwysig yn yr Ivy Bush".

"Mam, plis. Ma e'n gorfod bod yn y sosban am dair-munud-ar-ddeg union. Dim mwy. Dim llai. Bydd jest rhaid i fi 'i adael e. Ma wythnos fishi 'da fi. *I can't be having food poisoning,* meddai, gan ddilyn hen arferiad rhyfedd o droi at y Saesneg i ddweud pethau pwysig.

Bwytodd y darn cyntaf o dost ac yfodd ei goffi. Gwisgodd ei got law, oedd y tu ôl i'r gadair, a chaeodd y *zip* i'r top. Doedd hi ddim yn bwrw glaw, ond gwnâi hyn bob bore er mwyn cadw'r briwsion oddi ar ei grys glân wrth iddo fwyta'r ail ddarn o dost yn y car. Âi'r afal i grombil poced y got – y boced chwith – bob bore.

"Bydd cawl gyda fi heno. Pryd fyddi di'n moyn e'n barod?" gofynnodd ei fam cyn iddo adael.

"Mam, plis – fi'n gweud hyn bob bore. Fi ddim yn gw'bod pryd bydda i gatre. Fi ddim yn mynd i ddechre rhoi amser i chi am fwyd nos. Cawl yw cawl pryd bynnag ga i fe. *I'll work until the job is done.*"

Cusanodd ei fam ar ei boch.

"Ta-ta, Mami!"

"Ta-ta, machgen glân i."

A bant â fe i'r cyfarfod yn ei Fiesta bach coch.

Ema Puw

NI DDWEDAI EMA air wrth i Gwilym adael yn y bore.
Gorweddai ar ei hochr hi o'r gwely yn aros i glywed
clec y drws.

Neidiodd o'r gwely, o'i glywed, gan wybod bod Gwilym
wedi gadael. Cysgu fel 'ci bwtshwr' neu esgus cysgu fyddai
Ema bob bore gan aros yn eiddgar i ddechrau ei diwrnod
hi. Roedd ganddi ddiwrnod llawn arall, un prysur, mor
wahanol i ganfyddiad ei gŵr o'i diwrnodau. Ddywedai
hi ddim gair wrtho am ei bywyd cudd, gan adael iddo
feddwl ei bod yn wraig bwdwr.

Athrawes oedd Ema hefyd yn wreiddiol ond
penderfynodd y pâr ifanc, pan anwyd eu hunig blentyn, y
dylai Ema aros gatre i fagu Cadi Haf, gan fod Gwilym yn
ennill digon. Aeth y blynyddoedd heibio yn gyflym, ac yn
raddol bach roedd angen llai o sylw ar Cadi wrth iddi dyfu
i fod yn ferch hyderus ac annibynnol – nodwedd roedd
Ema yn ymfalchïo ynddi. Wrth i Cadi Haf ddibynnu llai
ar ei mam câi Ema fwynhau mwy o ryddid, bywyd na
wyddai Gwilym ddim amdano.

Roedd Ema o'r farn ei bod yn well i Gwilym beidio
â gwybod am ei bywyd dirgel, rhag ofn iddo ddechrau
cwyno am ei diffyg coginio a chymoni. Byddai darganfod
bod ganddi amser sbâr yn gosod gofynion ar Ema i fod

yn fwy o wraig tŷ, a dyna oedd yr hyn na ddymunai. Na, wir, byddai'n sicrhau ei bod hi a Cadi yn iawn bob dydd o ran bwyd gan adael i Gwilym edrych ar ôl ei hunan. Cyfaddefai Ema wrthi hi ei hun bod hynny'n annheg ar Gwilym efallai, ond roedd y pâr priod wedi ymbellhau oddi wrth ei gilydd yn ystod y blynyddoedd diwethaf. Doedd Gwilym yn dangos fawr ddim diddordeb ynddi hi, beth bynnag.

Dydd Gwener oedd diwrnod Cegin yr Eglwys lle roedd hi wedi bod yn gwirfoddoli am dros ddwy flynedd drwy estyn cymorth i'r eglwys leol. Byddai'r drysau ar agor o 10am tan 12pm a bydden nhw'n rhoi llond cwdyn o nwyddau angenrheidiol, yn ogystal â phowlen o gawl twym i'w fwyta, i'r anghenus yn y neuadd. Bu Cegin yr Eglwys yn fodd i Ema ddod i adnabod mwy o bobl y dre ac roedd yn hoff iawn o'r cyfeillgarwch a'r boddhad a gâi wrth wirfoddoli. Pobl o gefndiroedd hollol wahanol i'w ffrindiau arferol fyddai'n dod i'r eglwys i chwilio am help ar ddydd Gwener. Byddai rhai o'r anghenus yn gweithio hyd yn oed, ond yn methu talu eu biliau a rhai'n methu gweithio oherwydd amgylchiadau personol. Un peth oedd yn sicr, roedd gwahaniaeth mawr rhwng gwirfoddolwyr a defnyddwyr Cegin yr Eglwys a'r cwmni y byddai Ema fel arfer yn ei gadw. Doedd neb yn byw bywyd cyfforddus, dosbarth canol fan hyn; y difreintiedig, yn hytrach na'r breintiedig fel Ema, oedd yn cyfrannu at y Gegin. Byddai Ema'n gwneud mwy o siopa ar gyfer Cegin yr Eglwys nag a wnâi dros ei gŵr – sefyllfa a fyddai wedi llorio Gwilym, pe bai'n gwybod.

Erbyn 9.30, roedd angen i Ema fod yn yr Eglwys, er mwyn gosod y byrddau a threfnu'r bwyd, ond eto câi amser bob bore i ysgrifennu cyn gadael y tŷ – y dyddiadur, wrth gwrs, ond hefyd byddai'n ysgrifennu storïau byrion ac roedd yn agos at hanner cant o gerddi ganddi. Dihangfa oedd yr ysgrifennu, modd o gadw ei phwyll a chael gwared ar ei rhwystredigaeth.

Tueddai Ema i fod yn dawel a chuddio ei theimladau dyfnion. Wrth ysgrifennu, gallai fynegi pob math o deimladau, rhyddhau syniadau a chreu cymeriadau diddorol ac arwrol, y gallai ddianc yn eu cysgod. Y ffaith drist amdani oedd nad oedd Ema wedi rhannu yr un o'i gweithiau creadigol gyda Gwilym na neb arall. Byddai'r ysgrifennu yn lleddfu ei phoenau, gan ei bod yn unig ac yn teimlo ei bod yn ddiwerth wrth gael ei chaethiwo i ofalu am y tŷ. Cyfrinach Ema, a fyddai'n aros dan glo am byth yn ei chyfrifiadur personol – y cyfrifiadur cudd, oedd yr ysgrifennu creadigol.

Aeth Ema i nôl ei lap-top o silff waelod un o'r cypyrddau derw yn yr ystafell wely. Eisteddodd ar y gwely ac ysgrifennu teitl stori fer newydd, 'Y Gig'. Cafodd syniad am bâr ifanc yn mynd i weld eu hoff fand yn perfformio am y tro cyntaf. Mynd i gigs fyddai hoff weithgaredd Ema a Gwilym 'nôl yn yr wythdegau cynnar, a'i hoff fand oedd y Jam. Byddai'r stori yn seiliedig ar eu profiadau nhw.

Band o Lundain oedd y Jam, a rhai cŵl i'w dilyn o fod yn 'Mod'. *Mods* yn bendant oedd Gwilym ac Ema. Daeth y mudiad i'r amlwg yn wreiddiol yn y chwedegau, gyda bandiau Prydeinig fel The Who ar flaen y gad;

ac fe ailymddangosodd y cotiau *Parker* gwyrdd, y teis bach tenau a'r sgidiau *loafer* du yn gigs y Jam yn 1979 ac yn ddiweddarach. Aeth Gwilym ac Ema i'w gweld yng Nghaerdydd yn 1980.

Band egnïol ac amrwd oedd y Jam, gyda *lyrics* bachog a gitâr *Rickenbacker* Paul Weller yn gwthio hen *Vox amps* i'r eithaf – hyd at lefel 11 yn ôl yr hen jôc. Roedd Weller yn cŵl yn gwisgo siwt ddu, crys gwyn a thei – hollol wrthun i'r pyncs anniben pur o'r un cyfnod. Roedd Ema'n cofio'r holl fanylion am y wisg, y caneuon, y cynnwrf ac am eu clustiau'n sgrechen am oriau wedyn.

Llifai'r stori yn nychymyg byw Ema yn llifeiriant di-dor. Teimlai ei bod yn ennill rhyddid wrth ysgrifennu. Pwy a ŵyr, efallai – rhyw ddiwrnod – byddai rhywun yn cael cyfle i ddarllen ei gwaith.

Sgwter

S IWRNE FER OEDD gan Gwilym o'i gartref ym mhentre Nant y Capel, pedair milltir y tu allan i Gaerfyrddin, i westy'r Ivy Bush oedd yng nghanol y dre. Mynd i gyfarfod â'i dîm arolygu a chynnal diwrnod o gyfarfodydd a chyflwyniadau oedd e, cyn yr arolwg a fyddai'n dechrau ddydd Llun yr wythnos ganlynol. I Arolygwr Ysgolion Ei Mawrhydi, roedd y diwrnodau hyn yn ddiwrnodau hirion a diflas. Un cyflwyniad ar ôl y llall a phob aelod o'r tîm yn arwain trafodaeth ar ei faes penodol, heblaw am Gwilym, oedd yn cadeirio. Un o'r pyrcs o fod yn arweinydd oedd gallu dirprwyo, ac roedd Gwilym yn hen law ar wneud hynny.

Cyrhaeddodd westy'r Ivy Bush mewn da bryd. Diffyg parcio oedd anfantais y gwesty a gorfod i Gwilym ddreifio o gwmpas am rai munudau wrth geisio dod o hyd i le. Roedd ar fin parcio mewn man a oedd yn ymddangos yn wag, cyn agosáu a gweld bod sgwter bach wedi parcio mewn gofod a oedd yn ddigon mawr i gar.

'Damo'r blydi sgwter 'na. Wast o le. Blydi 'el!' gwaeddodd Gwilym yn ei dymer, cyn sylwi beth oedd y sgwter. "Waw!" meddai yn uchel.

Lambretta o'r Eidal gyda phen-ôl mawr yn cuddio'r injan 250cc – y peiriant mwyaf y byddai'r cwmni yn arfer ei wneud. Doedd e ddim wedi gweld perl o'r fath ers dros ddeng mlynedd ar hugain, yr adeg pan oedd Gwilym yn berchen ar ei sgwter ei hunan. Lambretta GP 150 oedd gan Gwilym, dim cweit cystal â'r GP 250, ond yn rhatach. Y Lambretta 250 oedd yr un i'w gael. Hwn oedd Ferrari y *Mods*.

Bu'n rhaid iddo adael maes parcio'r gwesty, mynd 'nôl i mewn i'r dre a ffeindio maes parcio cyhoeddus – a thalu £3.60 am barcio drwy'r dydd. Cerddodd 'nôl i'r gwesty, ond yn hytrach na mynd ar ei union i'r cyfarfod, aeth 'nôl i edmygu'r sgwter.

Roedd yn beiriant hyfryd. Lliw glas golau *baby blue*, yn debyg i grys pêl-droed Man City. Un wyneb cloc mawr yng nghanol yr *handlebars* i ddangos y cyflymdra a faint o betrol oedd yn y tanc. Sylwodd nad oedd dim cyfrifiadur yn taflu gorchmynion at y gyrrwr (fel *'take a break'*). Sedd gul o ledr brown golau; digon o faint i gymryd dau ben-ôl bach oedd heb ledu gyda chanol oed. Olwynion bach gyda'r *hub-caps* crôm yn sgleinio a dau ddrych ar yr *handlebars* a oedd hefyd yn sgleinio fel llestri gorau mam-gu. I goroni'r gymanfa o steil roedd logo bach 'Lambretta' a llun bach, bach o fflag yr Eidal. Dim ond yr Eidalwyr fyddai'n gallu dylunio rhywbeth mor bert. Campwaith mewn lledr a chrôm. Buddugoliaeth mewn steil yn hytrach nag mewn diogelwch. Peryglus a phert. Lyfli!

Roedd pob darn o'r sgwter mewn cyflwr arbennig; os rhywbeth, mewn cyflwr rhy dda. Yna, sylweddolodd Gwilym mai sgwter newydd oedd hwn wedi ei gynhyrchu i fanteisio ar ffasiwn y *retro*. Pecynnu delwedd o'r oes a fu, drwy wisgo'r hen mewn dillad newydd. Beiciau modur Triumph o'r saithdegau i'r hen rocyrs, a sgwters i'r hen *Mods,* a oedd yn dal yn trial eu gorau i wasgu i mewn i grysau Fred Perry bob penwythnos. Targedu'r canol oed cyfoethog a ysai am ail-fyw eu hieuenctid, oedd y nod. Sentiment proffidiol. Hwn oedd cerbyd ffyddlon y *Mods* yn y 1960au a'r 1970au. Cerbyd dwy olwyn oedd yn wahanol iawn i feic modur. Y ddwy olwyn oedd yr unig debygrwydd rhwng y ddau beiriant.

Roedd olwyn gefn y sgwter wedi ei gorchuddio â dur tenau, a fyddai'n rhwdu ar ôl cael diferyn o law. Byddai'r injan Eidalaidd fach yn dueddol o ordwymo'n gloi, ac felly'n anaddas ar gyfer siwrne o fwy na 15 milltir. 'Camu drwyddo' yn hytrach na 'chamu drosto' oedd y ffordd i eistedd ar y sgwter, gan eistedd ar ben yr injan a theimlo'r gwres yn twymo'r pen-ôl. O ran cyflymdra, roedd yr hen sgwters yn dipyn arafach na beiciau modur – ac yn torri i lawr yn amlach. Felly, y rheswm pam roedd y *Mods* wastad mewn caffis yn gwrando ar gerddoriaeth Motown oedd bod yn rhaid stopo bob deng milltir i adael i'r injan gŵlio. Roedden nhw hefyd am i bawb eu gweld a rhyfeddu at gymaint o grôm sgleiniog roedd y perchennog wedi ei ychwanegu ato. Fyddai neb yn sylwi ar y sgwter pert yn mynd 50 milltir yr awr ar draffordd, ond byddai pawb yn gweld sgwter pert yn sgleinio y tu fas i gaffi. Rhesi taclus o sgwters yn eu holl ogoniant, yn destament i bolisio diddiwedd y perchnogion. Cymanfa o grôm. Y *wing mirror* oedd yr ychwanegiad mwyaf poblogaidd, a doedd hi ddim yn bosib cael gormod o'r rhain. Rhain oedd plu'r paun, ac allech chi ddim â chael gormod o gwils.

Yn anffodus, roedd beic modur y rocyr yn curo'r sgwter ymhob dim. Roedd yn gyflymach, yn fwy cyfforddus, yn fwy ymarferol a doedd dim rhaid i'r perchennog fod yn fecanig. Y beic modur oedd yr enillydd ym mhob categori, heblaw am yr un pwysicaf: y categori o fod yn cŵl. Motobeics i'r rocyrs am eu bod nhw am fynd yn gyflym, sgwters i'r *Mods* oedd am fynd yn slo bach er mwyn i bawb sylwi arnyn nhw. Cŵl yn curo cyflymdra felly?

Aeth deng munud dda heibio wrth i Gwilym syllu ar y sgwter a breuddwydio am yr hen ddyddie pan oedd e'n berchen ar y Lambretta… Mynd fel cath i gythrel gydag Ema'n gafael yn dynn rownd ei ganol. Refio'r injan bob tro roedd rhaid stopio er mwyn denu sylw pawb oedd ar y pafin. Mynd yn rhy gyflym rownd bob cornel fel bod Ema'n gorfod gafael yn dynnach. Mynd rownd a rownd rowndabowts mawr – yr hyn a gâi ei alw'n *roundabout surfing.* Cwrdda lan yn y 'Windsor Caf' yn Ninbych y Pysgod i siarad am recordiau Motown a sut i drwsio sgwters gyda *Mods* eraill y Gorllewin.

Roedd Ema a Gwilym yn bâr ifanc smart, y naill yn meddwl fod y llall yn *catsh*. Gwyddai Gwilym fod Ema'n ofnus ar gefn y sgwter, ond roedd hefyd yn gwybod ei bod yn cael ei chynhyrfu a'i bod yn mwynhau'r perygl. Bydde snog bob amser yn dilyn siwrne ar y sgwter. Yn sydyn, cofiodd Gwilym am y rheswm dros y siwrne heddiw i faes parcio'r Ivy Bush. Gwell peidio oedi rhagor, rhag atgoffa ei hunan yn ormodol o'r dyddiau gynt a rhamantu am flynyddoedd gwyllt y gorffennol.

Yn anffodus, roedd yn rhaid iddo adael ei freuddwydion a wynebu realiti creulon ei sefyllfa. Roedd ar fin troi'n 55 bellach, yn Arweinydd Tîm o Arolygwyr Ysgolion a chanddo gyfrifoldebau mawr ar ei ysgwyddau. Trodd ei gefn ar y sgwter a cherdded tuag at y gwesty. Taflodd un bip fach arall 'nôl ar y lwmpyn o fetal sgleiniog o Milan, fel bydd cariadon yn ei wneud ar ôl cwrdd am y tro cynta.

Y Cyfarfod

ROEDD GWILYM YN hen gyfarwydd â'r gwesty yma, gan y byddai'n llogi ystafell yn aml ar gyfer eu cyfarfodydd. Gwen oedd enw'r wraig wrth y ddesg, un hynod o cymwynasgar a chanddi acen hyfryd Dyffryn Tywi. Pwrpas y cyfarfod hwn oedd bod yn rhan o baratoadau y tîm arolygu ar gyfer ymweliad ag Ysgol Bro Copor, yn ardal Bonymaen, Abertawe.

"Bore da, Gwen."

"Bore da, Mr. Puw. Ma pawb wedi ymgynnull yn yr ystafell gynadledda ar gyfer ych cyfarfod. Rhaid dweud bod Mr. Maldwyn Morris yn… yn anniddig iawn, gan ych bod chi chydig bach yn hwyr."

"Ydy, ma'n siŵr," atebodd Gwilym gan osgoi'r ysfa i rowlio ei lygaid. "Ma anniddig yn air hyfryd, Gwen, i'w ddisgrifio fe."

Gwenodd Gwen, y dderbynwraig addfwyn. Roedd yn grêt cael sylw bach neis fel 'na am safon ei Chymraeg gan yr Arolygwr.

"Ma coffi ar y bwrdd tu fas i'r stafell, Mr. Puw."

Cydiodd Gwilym yn ei fag lledr du, a cherdded yn bwrpasol at yr ystafell gynadledda. Fyddai e byth yn hwyr, ac fel arfer byddai'n llym iawn wrth unrhyw aelod o'r tîm oedd yn ddigon ewn i fod yn hwyr yn cyrraedd

– drwy gyfarch yr unigolyn anffodus â "prynhawn da" i gyfarfod y bore. Ond roedd yn wahanol iddo fe, am mai fe oedd y bòs, Herr Kapitän, Aiatola Roc and Rôla ac Arweinydd Tîm o Arolygwyr Ysgolion ei Mawrhydi. Penderfynodd mai cerdded i mewn yn hyderus a chreu digon o sŵn fyddai'r dacteg orau.

Taflodd ddrysau dwbl yr ystafell gynadledda yn agored gyda thipyn o nerth, a bwrodd un drws yn erbyn cornel y ford. Roedd y sioc ar wynebau'r tîm wrth iddyn nhw wrando ar gyflwyniad Maldwyn Morris yn dweud y cyfan, a hwnnw eisoes ar ei drydydd sleid PowerPoint.

"Bore da, bawb. Ymddiheuriade' mawr am fod mor hwyr... Digwyddiad bach gyda rhyw dwpsyn ar gefn sgwter o bob peth. Pawb yn iawn, yn cynnwys y twpsyn ar y sgwter. Sgwter neis iawn 'fyd, fel mae'n digwydd. Lambretta fi'n meddwl, ond sa i'n arbenigwr. Nawr 'te gyfeillion, ble ry'n ni?"

Maldwyn Morris oedd y cyntaf i ymateb. Maldwyn Morris, y dirprwy ffyddlon. 'Maldwyn Uchelgais' fel byddai Gwilym yn ei alw tu ôl i'w gefn.

"Meddwl bydde fe'n well i fi ddechre ar y cyflwyniad cyntaf ar 'Dalgylch Ysgol Bro Copor', Mr. Puw. Doeddwn i ddim yn siŵr ble roeddech chi, na beth oedd wedi digwydd i chi. Odych chi'n iawn? Gesoch chi ddamwain?"

"Ma popeth yn iawn, Mr. Morris. Dim byd o werth. Crafad bach ar y BM, dyna i gyd – a' i ddim i fanylu. Ma pawb yn hollol iawn. Diolch am eich consýrn, a diolch yn fawr am ddechre'r cyfarfod. Plis cariwch mla'n. Fe eistedda i yn y gwt fan hyn."

Roedd Gwilym yn awyddus iawn i beidio â gorfod ymhelaethu ar ddamwain nad oedd wedi digwydd.

"Ond mae 'na sedd i chi fan hyn, Mr. Puw."

"Mr. Morris bach, fydden i byth mor ewn â cherdded miwn i gyfarfod yn hwyr ac yna tarfu ar yr holl beth drwy fynnu mynd i eistedd yn y tu blaen. Plis, cariwch mlaen, Mr. Morris bach. Fe fydda i'n iawn fan hyn, wir i chi."

Byddai Gwilym yn galw Morris, y dirprwy, yn 'Mr. Morris bach' yn aml. Gweithred nawddoglyd a oedd yn dân ar groen y dirprwy uchelgeisiol, ond yn arf defnyddiol i'w fòs.

Fe lusgodd y bore; yn wir, roedd yr agenda mor ddiddorol â chystadleuaeth Cerdd Dant gyda deugain parti yn cystadlu ac yn canu yr un darn gosod. Un cyflwyniad PowerPoint ar ôl y llall. Yr un hen gân sydd gan y gwcw, a'r un hen bynciau trafod sydd mewn cyfarfodydd arolygwyr. Yn dilyn cyflwyniad agoriadol Maldwyn Morris, daeth cyflwyniad ar 'Gosod Her', un arall ar 'Chwilio am Dystiolaeth o Gynnydd'. Cynnydd a sut i ddangos tystiolaeth oedd y ffasiwn ddiweddaraf. Doedd neb yn cwestiynu pwysigrwydd y ffasiwn newydd.

Fyddai neb byth yn cwestiynu; doedd cwestiynu ddim yn rhan o ddiwylliant yr Arolygwr. Mae gan bob cyfundrefn ei diwylliant ei hun; y modd mae pawb yn ymddwyn ac yn ymateb wrth eu gwaith. Wrth dderbyn swydd, mae'r unigolyn yn derbyn rheolau'r gyfundrefn. Nid yw'r rheolau, o reidrwydd, ar ddu a gwyn, ond mae pawb yn gwybod beth ydyn nhw – ac mae unigolion newydd yn dysgu'n go gloi beth sy'n dderbyniol a beth sy'n waharddedig.

Derbyn y cyfarwyddiadau gan y gwybodusion a'u gweithredu yn ffyddlon fyddai'r Arolygwr da. Fyddai neb am gnoi'r llaw oedd yn eu bwydo; neb am ddweud bod yr ymerawdwr yn borcyn.

Rheol Rhif Un: 'Mae beirniadu yn haws na gweithredu, ond peidiwch byth â chyfaddef hynny.'

Yn dilyn bore heriol yn trafod 'her', roedd yna gyflwyniad yn y prynhawn ar 'Y Bwlch Mewn Cyrhaeddiad Rhwng Bechgyn a Merched', gyda phawb ar y diwedd yn gytûn bod y bwlch yn rhy fawr. Doedd neb am grybwyll y ffaith fod hormonau bechgyn yn eu harddegau yn berwi, ac y byddai eu gwaith a'u cyrhaeddiad yn gwella unwaith y byddai'r tân hormonaidd yn tawelu ychydig. Cyflwyniad wedyn ar 'Bresenoldeb', gyda phawb yn cytuno bod y disgybl yn dysgu mwy pan fydd e'n bresennol yn yr ysgol. Ac, i gloi, dwy awr o gyflwyniad PowerPoint ar sail 'Crynodeb o brif ddangosyddion data Ysgol Bro Copor'. Hwn oedd y lladdfa. Y cyflwyniad ar y data, a hynny ar ddiwedd y prynhawn – i goroni diwrnod o uffern ac artaith. Lladdfa araf, fesul sleid. Roedd y cyfuniad o *'death by PowerPoint'* a *'death by data'* yn creu diflastod ar lefel newydd.

Deng munud yn unig roedd Gorestyn yn argymell y dylai athrawon ei dreulio ar gyflwyno tasg mewn gwers; er, doedden nhw'n becso dim am dreulio dwyawr yn cyflwyno 35 o sleidiau ar ddata i'w staff. I wneud pethe'n waeth, roedd y cyflwyniad ar ddata yn dod ar ôl cinio ardderchog y gwesty, gyda phawb yn manteisio ar y bwyd am ddim drwy orfwyta – a byddai ymladd yr awydd i gysgu yn her gyfarwydd.

Maldwyn Morris ei hun oedd yn arwain cyflwyniad y prynhawn ar ddata Ysgol Bro Copor, gan fod Maldwyn Morris wrth ei fodd yn ymdrin â data ac yn feistr corn ar ddehongli ystadegau, er mwyn creu darlun positif neu negyddol. Fel arfer, byddai Gorestyn yn hoff o ddefnyddio data i greu sefyllfa o 'nid da lle gellir gwell' ym meddylie staff yr ysgol anffodus. Byddai hyn yn ymylu ar dorri Rheol Rhif Dau…

Rheol Rhif Dau: 'Peidiwch byth â chanmol – mae'n arwydd pendant o wendid.'

Gorffennodd Maldwyn Morris ei gyflwyniad yn ddisymwth am 4pm. Teimlai Gwilym orfoledd yn cydio ynddo.

"Diolch am y gwrandawiad, bawb."

Saethodd Gwilym ar ei draed. Roedd yn benderfynol na fyddai unrhyw un yn cael cyfle i ofyn cwestiwn.

"Diolch, Mr. Morris, am y cyflwyniad hynod o drylwyr ar ddata Ysgol Bro Copor. Rwy'n siŵr ein bod ni i gyd yn gytûn bod eich gwaith proffesiynol wedi creu darlun cyflawn i ni o gryfderau a gwendidau – sori, meysydd i'w datblygu – yr ysgol yma."

Bu bron i Gwilym anghofio bod 'gwendidau' yn air nad oedd i'w ddefnyddio bellach.

"Hoffwn ddiolch yn hollol ddidwyll am eich gwaith proffesiynol chi i gyd heddiw. Cyflwyniadau hynod o drwyadl, cynhwysfawr a diddorol ar ddiffyg cyrhaeddiad bechgyn, Y Broblem Presenoldeb ac, wrth gwrs, campwaith Mr. Morris ar ddata i goroni diwrnod defnyddiol iawn. Daethoch chi â'r pwnc yn fyw i ni i gyd, Mr. Morris. Bydd y deunawfed sleid yn aros yn y cof am sbel hir."

Chwerthodd neb ar ymgais Gwilym i gyflwyno ychydig o hiwmor wrth gloi'r cyfarfod.

Rheol Rhif Tri: 'Peidiwch byth â chwerthin. Mae arolygu yn fater ddifrifol.'

Nawr roedd yn bryd i Gwilym ddod â'r diwrnod yma o uffern i ben. Roedd profiad pymtheng mlynedd o gau diwrnodau boring yn allweddol.

"Oes 'na unrhyw gwestiwn ar gyflwyniad Mr. Morris?"

Caniataodd chwe eiliad union o saib – y lwfans perffaith o ran saib; roedd rhaid dilyn y drefn a rhoi cyfle digonol i rywun gynnig sylw, ond fyddai neb yn mentro gwneud hynny o fewn chwe eiliad.

"Oes yna unrhyw gwestiwn ar y cyflwyniadau ardderchog eraill heddiw?"

Chwe eiliad arall o saib.

"Oes yna unrhyw fater arall?"

Chwe eiliad arall, eto, o saib.

"Gwych, felly mae'n amser i ni gyd fynd gatre i fwynhau ychydig o'r tywydd hyfryd yma gyda'n teuluoedd. Fe wela i rai ohonoch chi fore Llun yn Ysgol Gyfun Bro Copor, wrth i ni ymgynnull yn llyfrgell yr ysgol."

Troednoeth

Pan ddaeth Gwilym mas o'r gwesty, aeth yn syth at y man lle'r oedd y sgwter wedi ei barcio, ond roedd wedi hen fynd. Dipyn o siom gan iddo fod yn breuddwydio am y sgwter drwy gydol cyflwyniad Maldwyn Morris ar ddata. Bu wrthi'n darlunio ac yn dwdlo lluniau bach o sgwters mewn pensil yn ei lyfr nodiadau drwy'r dydd. Cerddodd yn gyflym i faes parcio'r dref a neidio i mewn i'w gar. Anwybyddodd y goleuadau cymhleth ac amryliw ar y *dash*, a bant â fe, ond nid i gyfeiriad yr A40 – sef yr hewl 'nôl i'w gartref ger Caerfyrddin – ond i gyfeiriad yr A470, sef yr hewl i Abertawe. Doedd e ddim yn barod i fynd gartre 'to.

Troed ar y sbardun ar ôl cyrraedd rowndabowt mawr Pensarn, a'r injan bwerus ac awel Almaenig y BMW yn ymateb yn syth. Bant â fe fel cath i gythrel. Doedd Gwilym Puw ddim yn sicr iawn i le'r oedd yn mynd, ond roedd yn gyrru ar y draffordd i gyfeiriad Abertawe, gyda'r radio bant a ffenest y car ar agor led y pen. Roedd am deimlo'r awyr iach ar ei fochau a cheisio arogli sawr y wlad. Sylwodd ar fyd natur, ar y cloddiau am y tro cyntaf ers blynyddoedd, gan ryfeddu pa mor wyllt a thrwchus oedd y tyfiant ar ochr y ffordd. Sylwodd ar y blodau gwyllt drwyddi draw a'u lliwiau di-drefn – cymaint yn fwy diddorol na gardd drefnus, meddyliodd. Sylwodd hefyd ar ambell aderyn ysglyfaethus yn hofran uwchben yn chwilio am lygoden, neu gwningen fach efallai. Beth arall allai fod yno, tybed? Nadroedd, efallai. Roedd yn grac wrth sylweddoli ei fod wedi anghofio enwau'r adar ysglyfaethus, ac enwau'r blodau gwylltion. Pa fath o ddyn sydd ddim yn gwybod rhywbeth mor syml ag enwau adar? Roedd y peth yn warthus.

Stopiodd y car ar ochr yr A470 ac er ei fod yn ymwybodol iawn o'r gyfraith, eto i gyd, parciodd y car yno. Sylweddolodd fod yno warchodfa natur go iawn, heb dractor, ffarmwr, na strimer garddwr wedi bod ar ei chyfer. Cafodd yr awydd i dynnu ei sgidiau, er mwyn teimlo'r carped o blanhigion gwyllt o dan ei draed. Yn wir, penderfynodd dynnu ei sgidiau a'i sanau a cherdded drwyddo. Roedd yn mwynhau'r profiad – y teimlad oer, y teimlad o fod yn agos at fyd natur. Roedd yn mwynhau'r llonyddwch hefyd, o fod yn cuddio yn y jyngl bach ar ochr yr hewl. Teimlai'r haul yn gryf ar ei gefn gan ei bod yn ddiwrnod crasboeth. Meddyliodd pa mor braf fyddai gwneud ychydig o dorheulo yn y jyngl hwn. Gwnaeth ystyried gorwedd yn y gwair trwchus ac aros yno. Fyddai neb yn ei boeni fe fan hyn ac fe gâi dawelwch a llonyddwch yn yr heulwen. Tynnodd ei grys a'i dei, tynnodd ei drwser a cherdded lan y bancyn ac ymhellach i mewn i'r coed. Roedd yn chwilio am ddarn bach agored lle gallai orwedd a thorheulo.

Teimlodd boen siarp a sydyn yn ei sowdwl. "Aw, shit,

aw! Edrychodd a gweld darn o wydr gwyrdd yn sticio mas o waelod ei droed. Hen botel Heineken wedi cael ei thaflu allan o ffenest car. Roedd yn glwyf dwfn a phwmpiai'r gwaed mas i'r un rhythm â'i galon. Ar sail ei gwrs hyfforddi St John's Ambulance flynyddoedd ynghynt, cofiodd mai'r peth i'w wneud â chwt dwfn oedd cael darn o ddefnydd glân a'i ddal yn galed yn erbyn y cwt er mwyn ceisio atal llif y gwaed.

"Aaaaw! Shit-shit-shit," gwaeddodd mewn poen. Roedd y cwrs hyfforddi bownd o fod yn anghywir am fod pwyso ar y clwyf gyda darn o wydr yn dal ynddo yn achosi poen annioddefol. Cofiodd fod y darn gwydr i fod i ddod mas gynta, cyn dechre gwasgu. Gwaeddodd eto wrth afael yng nghornel y darn gwydr.

"Is everything okay in there?"

Daeth y llais awdurdodol yn dipyn o sioc iddo. Ceisiodd Gwilym swnio'n cŵl, er ei fod yn eistedd ar y llawr yn ei bants ac yn dal ei droed dde a honno'n gwaedu fel mochyn.

"Yes, I'm okay thanks… just tending to a slight cut on my foot," atebodd Gwilym mewn llais uchel, gan ei fod mewn poen.

"Are you alone in there, sir?"

"Yes, of course I'm alone. Just tending to a slight foot wound," meddai Gwilym mewn llais oedd yn awgrymu nad oedd dim byd anghyfarwydd ynglŷn â'r sefyllfa, er ei fod yn ei bants ar ochor yr A470.

Trwy dyfiant y jyngl, ymddangosodd pen yr heddwas. Edrychodd Gwilym arno gan geisio gwenu yn naturiol, er bod gwaed ym mhobman. Sylweddolodd pa mor rhyfedd oedd y sefyllfa yn ymddangos. Doedd ei grys na'i drwser ddim yn agos. Byddai angen llond côl o sgiliau diplomataidd i esbonio hyn.

"Uffarn dân, Mr. Puw! Chi sydd 'na. Odi popeth yn iawn, syr?"

"Wel, wel, Dyfrig bach. Shwt i ti, bachan?" medde Gwilym, fel se fe'n cwrdd â hen ffrind ar faes yr Eisteddfod.

Roedd hon yn storom berffaith absŵrd. Ca'l ei ddal yn hanner porcyn ar ochr y briffordd gan gyn-ddisgybl. Methodd y ddau â siarad am ychydig eiliadau. Allai y bobi ifanc ddim gwneud unrhyw synnwyr o'r sefyllfa.

"Mr. Puw, chi'n gwaedu. Beth sy'n digwydd 'ma 'te?"

"Duw, damwain fach, achan, dim byd o werth. Bydda i'n iawn wap."

Ceisiodd Gwilym swnio'n normal ac yn cŵl. "Popeth o dan reolaeth fan hyn, boi bach. Wedi sefyll ar ddarn o wydr, dyna i gyd. Cwt bach, crafad fach a dweud y gwir. Bydda i'n iawn, diolch am ofyn. Paid â gadael i fi dy gadw di."

"Dife eich BMW chi sydd wedi parcio ar yr *hard shoulder* fan'na, syr?"

"Ie, dyna fe Dyfrig."

"Odych chi'n ymwybodol fod yr allweddi yn yr *ignition*, syr, a drws y car ar agor?"

"Ody fe wir? Wel, diolch byth am yr heddlu, weda i. Gallai unrhyw un fod wedi stopio ac wedi dwgyd y car. Diolch, Dyfrig, am fod mor graff. Ni'n lwcus iawn yn y sir 'ma fod llygaid barcud yr heddlu yn cadw gofal cyson droston ni."

Synhwyrai Gwilym nad oedd pethe'n mynd yn rhy dda ac er ei fod yn nabod yr heddwas ifanc, roedd Dyfrig y Bobi am ffeindio beth oedd mla'n gyda'i gyn-athro parchus.

"Ga i ofyn, Mr. Puw, ai chi sydd bia'r trwser a'r crys 'ma?"

Dangosodd Dyfrig y dillad i Gwilym.

"O! Diolch byth. Diolch Dyfrig. Ti wedi'u ffeindio nhw."

Ceisiodd Gwilym godi ar ei draed i gymryd y dillad, ond dechreuodd ei droed waedu'n waeth. Eisteddodd 'nôl ar y gwair.

"Fi'n credu mai'r peth gore gallwn ni neud nawr, Mr. Puw, yw eich bod chi'n gwisgo, a 'mod i'n mynd â chi lawr i Glangwili i gael y gwydr mas o'r droed 'na. Yna bydd rhaid i fi 'ch hebrwng chi lawr i'r stesion fel bo ni'n cael sgwrs fach am beth sydd wedi digwydd fan hyn, y prynhawn 'ma. Wna i gysylltu gyda'r bechgyn i mofyn y car a fe gewch chi gyfle i ffono Mrs. Puw o'r orsaf."

"Sa funud nawr, Dyfrig. Dim ond crafad bach sydd ar y drod 'ma. Galla i wisgo'n gloi, cerdded at y car yn ofalus a mynd gatre heb dy drafferthu di rhagor. Fydd dim gwaith papur 'da ti neud wedyn a fydd dim rhaid i fi esbonio'n sefyllfa, sydd, rwy'n cyfadde, ychydig bach yn rhyfedd a delicet."

"Ma'n flin iawn 'da fi, Mr. Puw, ond fe fydd rhaid i fi fynnu 'mod i'n ych hebrwng chi i'r orsaf yn Gaerfyrddin."

"Ocê, Dyfrig."

Pam bod rhaid i'r heddlu fod mor broffesiynol, meddyliodd. Yna, trodd ei feddwl at Ema a shwt y galle fe ddechre esbonio'r sefyllfa iddi hi!

Dydd Sadwrn: 20/9/15
Yr eglurhad

Roedd bore Sadwrn yn fore lletchwith iawn a dweud y gwir. Gwilym oedd y cyntaf i siarad.

"Bore da."

"Odi fe?" atebodd Ema yn siarp. "Beth uffarn wyt ti 'di neud? Ti 'di dwyn gwarth ar y teulu 'ma. Ma 'da ti lot fawr i'w esbonio, Mr. Arweinydd Tîm o Arolygwyr Ysgolion Ei Mawrhydi."

Byddai Ema bob amser yn cyfarch Gwilym gan ddefnyddio ei deitl llawn pan fyddai'n teimlo'n grac tuag ato. Sylweddolodd Gwilym fod hon yn frwydr roedd wedi ei cholli cyn dechrau. Sut roedd esbonio iddo gael ei ddal yn gorweddian ar ochor y briffordd yn ei bants? Ar ochor yr A470!

"Fi wir yn ymddiheuro, cariad, yn arbennig os wyt ti'n meddwl 'mod i wedi dwyn gwarth ar y teulu. Cofia, does neb yn gwybod am y digwyddiad, heblaw am Dyfrig Evans, y bobi a ti a fi. Felly, 'sdim ishe i ti fecso y bydd hyn yn sgandal."

Rhaid cyfaddef bod hon yn ymdrech bathetig i leddfu poen ei wraig. Amddiffyniad gwan yn erbyn y swnami o euogrwydd oedd ar fin boddi'r gŵr priod.

"Ma Dyfrig Evans yn siŵr o ddweud wrth bawb. Meddylia pa mor dda ma stori fel hyn yn mynd i swnio wrth ga'l 'i hadrodd dros beint gyda'i fêts. Fe fydd yn fêl ar fysedd pob cymdeithas Gymraeg o fan hyn i Fethesda."

Rhoddai Ema lot fawr o bwyslais ar farn 'cymdeithasau Cymraeg' gan ei bod hi'n aelod ffyddlon o'r capel, y côr, y pwyllgor papur bro, y clwb cinio a'r clwb darllen, a chyfeillion yr ysbyty. Pan fyddai Ema yn darganfod bod siaradwr Cymraeg newydd symud i'r ardal, byddai'n siŵr o ffeindio holl hanes yr unigolyn, cyn ei wahodd i un o'r cymdeithasau.

Roedd rhai o aelodau'r cymdeithasau hyn yn gystadleuol iawn o ran dod o hyd i wybodaeth am aelodau newydd. Bydden nhw'n casglu clecs gwerthfawr fel casglu hen stampiau. Byddai darganfod 'darn bach o hanes lled amheus' mor werthfawr â darganfod 'Penny Black'. Doedd aelodau'r cymdeithasau hyn ddim yn ymwybodol o fywyd cudd Ema chwaith, na'r ffaith ei bod hi'n defnyddio rhai ohonyn nhw fel cymeriadau yn ei storïau.

"Ma Dyfrig Evans yn foi iawn, bydd e wedi anghofio hyn erbyn fory," meddai Gwilym yn obeithiol.

"Odyt ti wir yn meddwl bod bobi tref dawel fel Caerfyrddin yn mynd i anghofio darganfod Arolygwr yn gorweddian ynghanol yr anialwch ar ochr yr A470 yn borcyn? Odyt ti wir yn meddwl y bydd gwell stori na honna'n hedfan o gwmpas y dre 'ma heddi, fory?"

"O'n i ddim yn borcyn, blodyn, ro'n i yn 'y mhants."

"Paid ti â galw fi'n 'blodyn'. Duw a ŵyr beth fydd pobl y cymdeithasau yn dweud am hyn."

Aeth popeth yn dawel wedyn, gan fod Ema'n amlwg yn meddwl fod Gwilym yn dwpsyn. Ond er mawr syndod, am y tro cyntaf yn ei fywyd, doedd e ddim yn becso am farn Ema, nac am farn pobl y cymdeithasau chwaith. Daeth o hyd i bwl o ddewrder o rywle. Safodd Gwilym ar ei draed.

"Ema, 'ma 'da fi rywbeth i'w ddweud wrthot ti."

"Fi'n rhy ypsét. 'Sa i'n galler siarad â ti. 'Sa i hyd yn oed galler edrych arnot ti."

Ond, chollodd e mo'i ddewrder a phenderfynodd Gwilym mai drwy ymosod oedd y ffordd orau o amddiffyn ei hun.

"Er gwybodaeth, rown i ar ben 'yn hunan ar ochr yr hewl. Fi jest yn moyn gweud bo dim ots 'da fi beth fydd unrhyw un yn 'i feddwl. Do's dim ots 'da fi am farn dy ffrindie di, na'u cleber. Fi ddim yn becso taten am bobl y cymdeithase na'r holl waith da ma' nhw'n wneud. Fi heb 'neud unrhyw beth mowr o'i le."

Ond, roedd yr ergyd yn un galed ac fe ddechreuodd Ema lefen. Llefen y glaw. Teimlodd Gwilym yn euog wrth sylweddoli fod y pwl o ddewrder yn bwl dwl. Bydde llefen wastad yn rhoi stop ar bob dadl. Unwaith roedd y taps yn agor, roedd y drafodaeth ar ben – *trump card* go iawn. Ond daliodd Ema ati drwy'i dagrau.

"Fi jest yn trial deall pam. Beth ddaeth dros dy ben di? Beth o'dd yn mynd drwy dy feddwl di? Beth sy'n bod? Ife fi yw e?"

Teimlai Gwilym yn ofnadw wedyn. Nage bai Ema oedd hyn o gwbl. Dim ei bai hi oedd ei bod hi'n troi yng nghylchoedd y clybiau clebran. Gwnâi waith da dros bobl eraill. Roedd hi'n berson caredig a ffyddlon; yn wraig ac yn fam dda, a hyn oedd ei gwobr ar ôl pedwar deg o flynyddoedd o briodas. Sgandal yr Arolygwr o ŵr yn cael ei ddal ar ochr hewl yn ei bants.

"Dim dy fai di yw e, cariad. Fi'n flin os yw hyn wedi dy 'nafu di, ond digwyddodd rhywbeth pan o'n i'n gorwedd wrth ochr yr hewl. Sylweddoles 'mod i ddim yn hapus, a beth oedd yn 'y ngwneud i'n anhapus."

"Fi, fi yw e. Ti'n moyn 'y ngadael i, nag wyt ti?"

Dechreuodd Ema godi ei llais erbyn hyn. Roedd y dagrau wedi diflannu a'r tymer yn codi, ond aeth Gwilym ati i esbonio'r teimladau a oedd wedi bod o dan glo am fisoedd. Roedd am siarad. Roedd am rannu'r baich.

"Fi'n anhapus achos yr holl stwff sy 'da ni gatre. Fi'n anhapus gyda fy swydd. 'Wy'n anhapus gyda fi 'yn hunan."

Tawelodd ei wraig. Roedd Gwilym yn gallu gweld wrth yr olwg o ddryswch ar ei hwyneb nad oedd hi wedi deall.

"Ma'r holl stwff 'ma sydd 'da ni yn y tai yn neud fi'n ddiflas. Dou dŷ yn llawn stwff 'dyn ni byth yn 'u defnyddio. Tri *storage locker* yn llawn stwff ni ddim 'u hangen. Dou blydi car di-angen. Bobo ddou feic. Cypyrdde yn llawn sgidie. Dreirie sydd wedi 'u stwffo â chymaint o stwff mae'n amhosib 'u hagor nhw. Oergell anferth ac oergell sbâr yn y garej. A ma hi'n amhosib cyrraedd yr oergell sbâr i nôl cwrw achos bod gormod o stwff yn y ffordd. Dyna i gyd ry'n ni'n neud yw prynu mwy a mwy o stwff di-angen i ychwanegu at y mynydd o stwff di-angen sy 'da ni'n barod. Gormod o ddewis, gormod o bopeth."

Stopiodd Gwilym ei rant. Edrychodd ar Ema, a oedd yn dal i edrych yn ddryslyd. Ychwanegodd yn fwy pwyllog.

"A 'sdaf fi gynnig i'r job. Meddylia, bob tro dw i'n ymweld ag ysgol ma'r olwg sy ar wynebe pawb yn dweud, 'Pwy uffarn ma hwn yn meddwl yw e?' A ma nhw'n iawn. Ma derbyn yr amlen frown – i ddweud bo fi'n mynd i alw – yn newyddion erchyll iddyn nhw. Ma nhw'n casáu 'ngweld i'n cyrraedd ac yn dathlu pan rwy'n gadael. Ma'n ymweliad i fel ymweliad â'r deintydd. Fi wedi ca'l digon ar fod yr un mor boblogedd â'r ddannodd. Dim ti yw e. 'Yn swydd i yw'r broblem. 'Sa i'n gwbod beth fi'n moyn, ond 'wy ddim yn moyn prynu mwy o stwff, a fi ddim yn moyn y jobyn diflas sy 'da fi o ddanto athrawon."

Roedd Ema yn ceisio gwneud synnwyr o rant ei gŵr, yn arbennig gan iddi hi feddwl wastad bod Gwilym yn hapus iawn yn ei waith. Cafodd y ddau yrfaoedd llwyddiannus. Roedden nhw'n gyfforddus, ond ar yr un pryd yn ofalus rhag arddangos eu cyfoeth yn rhy amlwg i eraill. Wedi'r cwbl, doedden nhw ddim am ennyn cenfigen.

"Dife tostrwydd yw hyn, Gwilym?"

Roedd y dagrau 'nôl yn llifo o lygaid Ema. "Odyt ti'n moyn mynd i weld doctor, neu rywun a all dy helpu di, Gwilym?"

"Na, fi ddim yn dost. Fi'n hollol synhwyrol ac yn fy iawn bwyll," meddai.

"Grêt. Ti am dowlu popeth bant 'te. Ar ôl yr holl flynyddoedd o waith caled, ti'n mynd i fyw mewn ogof rhywle yn dy bants. Wel, paid â disgwyl i fi ddod i fyw 'da ti. Os 'yt ti am droi dy gefen ar bob dim, cei di neud hynny ar dy ben dy hunan," gwaeddodd Ema yn ei thymer.

"Iawn 'te. Fi'n mynd lawr i'r dre i newid y ffôn."

Ystyriodd Ema fod y frawddeg hon yn un ryfedd, gan rywun oedd am ga'l llai o stwff.

"Sa funud, gwd boi. Ti newydd ga'l rant, am fod gormod o stwff yn dy 'neud di'n anhapus, a nawr rwyt ti ar dy ffordd i'r dre i gael *upgrade* ar dy ffôn!"

"Dim ca'l ffôn gwell i fi'n moyn, ond ffôn sy'n waeth. Sori am bopeth, Ema."

Sychodd Ema ei dagrau wrth i Gwilym adael. Yr eironi oedd ei bod hithau hefyd yn casáu'r holl stwff roedden nhw wedi eu casglu. Roedd mwy o stwff yn dod wrth iddo ennill mwy o gyflog, ac wrth i'r cyflog gynyddu byddai'r tomen o stwff yn cynyddu hefyd. Teimlai'n euog, yn arbennig pan fyddai yng nghwmni'r anghenus yng Nghegin yr Eglwys.

Yr holl stwff materol oedd 'da nhw wnaeth ei denu at Gegin yr Eglwys ar ddydd Gwener a chwmni gonest a didwyll y rheini, nad oedd 'da nhw ddigon o gyfoeth i brynu bwyd i'w teuluoedd, hyd yn oed. Roedd hyn mewn gwrthgyferbyniad llwyr i'r bywyd cyfforddus roedd Gwilym a hithau wedi ei greu. Roedd hefyd yn mwynhau cwmni'r ficar ifanc, er rhaid pwysleisio, ddim mewn unrhyw ffordd gariadus. Meddyliodd am linell o un o ganeuon ei hoff fand, yr 'Eggmen': 'Caru ti *platonically*'.

Meddyliodd pa mor drist oedd y ffaith na fyddai Gwilym na hithau byth yn siarad nac yn trafod gyda'i gilydd mwyach.

Bodaphone

Penderfynodd Gwilym seiclo i'r dre, gan ei bod yn fore sych, heulog, hydrefol a'i fod yn teimlo rhyddhad wedi iddo gael sgwrs gyda'i wraig am newid cyfeiriad – er nad oedd ganddo syniad pa gyfeiriad newydd y bydden nhw'n ei droedio. Am fod pwysau wedi ei godi oddi ar ei ysgwyddau, teimlai'n ysgafn, yn sionc ac yn bositif. Doedd e ddim yn hollol siŵr a oedd Ema yn mynd i aros gydag e fel cymar, neu beidio, ond o leiaf roedd e wedi rhannu ei deimladau gyda hi.

Cerddodd i mewn i siop Bodaphone. Daeth crwt ifanc mewn crys-T a jîns llawn tyllau i'w gyfarch.

"Can I help you, sir?"

"Yes. Odych chi'n siarad Cymraeg?"

"No, sorry, sir," medde'r crwt, *"but I can go and take a look if Ifan, one of our Welsh speakers, is available. May I just ask what you need from us today?"*

"Yes, of course. I would like a new phone."

"Certainly, sir. We can take a look to see if you are eligible for an upgrade."

Doedd Gwilym ddim am *upgrade*, osgoi hynny roedd am wneud. Aeth ati i egluro.

"Sorry, I'm actually after a downgrade, not an upgrade. I would like a phone that does less, not more, please."

Edrychodd y crwt yn syn arno. Teimlai Gwilym ychydig o embaras ond roedd yn benderfynol o ddal ati i wneud ei gais.

"I would like a new phone that is just a phone, nothing else – just a phone."

"Do you mean just voice calls, sir?"

"If that's a description for being able to talk over the phone, then yes, please, just voice calls."

Roedd y dymuniad yn un anghyfarwydd iawn i'r crwt ifanc.

"I'll just go and get Ifan for you, sir."

Aeth y crwt mas i'r cefen a daeth crwt arall a oedd hefyd yn gwisgo crys-T a jîns llawn tylle, ac un fraich wedi ei gorchuddio mewn tatŵs. Meddyliodd Gwilym tybed sut y bydde'r bois yma'n gwisgo i fynd mas am beint… siwt a tei, efalle?

"Helo Mr. Puw, shwt y'ch chi?"

Roedd Gwilym yn nabod yr ail grwt. Ifan, mab Morfudd a Mike o Landeilo.

"Ifan 'achan, shwt ma'r hwyl? Shwt ma dy fam a dy dad?"

"Iawn diolch, Mr. Puw. Shwt galla i'ch helpu chi?"

"Wel fel hyn ma hi, Ifan. Fi'n moyn mynd nôl i gael ffôn sy'n gwneud llai. Ffôn sy'n gwneud galwade yn unig. Fel yr hen ffôns 'slawer dydd."

Edrychodd Ifan yn syn arno. Yr un mor syn â'r crwt cyntaf.

"Pam byddech chi'n moyn neud 'na, Mr. Puw?"

Roedd hwn yn gwestiwn da; cwestiwn dwfn a

chwestiwn oedd yn haeddu ateb cyflawn. Meddyliodd Gwilym am ychydig eiliadau cyn mentro ar yr ateb llawn.

"Ifan, wyt ti'n cofio cyfnod pan oeddet ti'n codi yn y bore a ddim yn 'mystyn am yr iPhone er mwyn gweld pwy oedd wedi tecsto, WhatsApp-io, e-bostio, neu message-o ti dros nos? Odyt ti'n cofio'r adeg pan oedd yn bosib diflannu am ddwy awr heb ga'l dy dracio? Odyt ti'n cofio'r pleser o edrych am ffaith mewn llyfr a cha'l dy syfrdanu gan gynnwys a phrydferthwch y gwyddoniadur yn hytrach na *quick fix* arwynebol Google?"

"Na, Mr. Puw. Fi wastad wedi cadw'r ffôn wrth ochr y gwely."

Roedd Gwilym wedi ei ddigalonni rywfaint gan yr ateb, ond meddai,

"Ocê. Wyt ti'n cofio'r adeg pan oeddet ti ddim yn twlu pip ar Instagram neu Facebook neu TikTok bob chwarter awr i weld beth yw hanes y 'ffrindie' hynny, nad 'yt ti ond braidd yn 'u nabod? Wyt ti'n cofio cyfnod pan est ti i'r gwaith heb dy ffôn symudol? Wyt ti'n cofio cyfnod pan est ti mas am bryd o fwyd, neu beint heb dy ffôn – a cha'l sgwrs neu ddadl heb gymorth Apple?"

Meddyliodd Ifan cyn rhoi ateb gonest unwaith eto.

"Na, Mr. Puw, 'wy ddim yn cofio bywyd fel 'na o gwbl."

"Wel dyna fe 'te. Dyna dy ateb di. Fi'n cofio bywyd heb ffôn symudol ac roedd yn fywyd gwell, ac fe hoffen i fynd 'nôl i'r bywyd hwnnw. Fy nymuniad i heddi, Ifan, yw dy fod ti'n rhoi ffôn newydd i fi sydd yn gwneud dim byd ffansi... Dim Siri, dim miri; dim ap, dim crap; dim byd, ond rhoi ac ateb galwadau."

"Ocê, Mr. Puw. Wel, yma yn y cwmni 'ma ry'n ni bob amser yn ceisio cynnig y gwasanaeth gore posib i gwsmeriaid drwy..."

O, diar. Dyma'n union beth roedd Gwilym yn ei ofni; Ifan yn adrodd sgript-genhadaeth y cwmni a fyddai'n arwain at ymdrech i werthu ffôn newydd iddo, a hwnnw'n gallu gwneud popeth dan haul, gan gynnwys mynd â'r ci am dro!

"Stop, Ifan. Fi ddim yn moyn hynny, diolch. Fi ddim yn moyn ffôn gwell – fi'n moyn ffôn gwaeth. Gwranda 'achan!"

Cododd Gwilym ei lais ychydig bach i wneud yn siŵr bod y neges yn glir. Sylweddolodd Ifan fod y frwydr i berswadio Gwilym i brynu ffôn newydd yn ofer.

"Ocê, Mr. Puw. Pasiwch yr iPhone i fi. Odych chi'n fodlon rhannu'ch cyfrineirie 'da fi?"

Roedd Gwilym wedi ysgrifennu pob un cyfrinair ar ddarn o bapur yn barod, gan ei fod yn disgwyl y cwestiwn 'ma. Estynnodd yr iPhone a'r rhestr gyfrineiriau i Ifan. Cymerodd y crwt y ddyfais a dechreuodd dapio'r sgrin ar gyflymdra brawychus. Mewn un munud a dau ddeg pump eiliad estynnodd Ifan yr iPhone yn ôl i Gwilym.

"Dyna ni. Popeth wedi 'i wneud. Sori bo fe wedi cymryd mor hir – mae'r ffôn yn hen, chi'n gweld."

"Grêt, a diolch Ifan. Felly, ble mae'r ffôn newydd?"

"Do's dim angen ffôn newydd, Mr. Puw. Fi wedi troi

popeth bant ar y ffôn 'ma. Dim *apps,* dim rhyngrwyd, dim awgrymiade o gwbl i'ch poeni chi. Byddwch yn galler mynd trwy ych bywyd yn hollol anymwybodol o beth sy'n digwydd yn y byd mawr, nawr."

Chwerthodd Gwilym. Chwerthiniad o bleser a rhyddhad. Roedd Ifan yn grwt da ac roedd yn amlwg yn deall y sefyllfa, a'i waith.

"Diolch o galon i ti, Ifan. Ti wedi 'neud hen foi yn hapus iawn. Faint sy arna i i ti?"

"Dim byd, Mr. Puw. Mae'n rhan o'r gwasanaeth yma yn Bodaphone. Hapus iawn galler bod o help i chi."

"Gwell byth. Diolch 'to a cofia fi at dy fam a dy dad."

Cerddodd Gwilym Puw mas o'r siop. Roedd yn fore oer, sych a heulog. Diwrnod ardderchog i gerdded adre heb ffôn i'w boeni.

Dydd Sul: 21/9/2015
Rosta Nosta

ROEDD Y TENSIWN yn y tŷ yn annioddefol. Ema yn anwybyddu Gwilym yn llwyr, neu yn ateb pob cwestiwn mewn un gair yn unig.

Cloiodd ei hun yn ei swyddfa am y bore, i baratoi ar gyfer yr arolwg oedd yn dechrau drannoeth. Fel arfer, byddai'n casáu'r rhan honno o'r swydd, ond heddiw roedd yn falch o gael esgus i osgoi Ema.

Ar ôl bod wrthi am dair awr penderfynodd fynd mas i chwilio am rywbeth i'w fwyta. Byddai gofyn i Ema am goginio bwyd yn lletchwith iawn o dan yr amgylchiadau.

"Mynd mas am dro bach, cariad," gwaeddodd wrth iddo gau'r drws ar ei ôl. Ddaeth dim ateb.

Roedd yn dechrau cael hwyl ar y beic a phenderfynodd seiclo mewn i'r dre am yr ail ddiwrnod yn olynol.

Ar gau roedd rhan fwyaf o fwytai Caerfyrddin am dri o'r gloch ar brynhawn Sul, felly i mewn i Dreggs aeth Gwilym unwaith yn rhagor. Roedd y staff yn Dreggs Caerfyrddin yn gyfarwydd iawn â Gwilym, gan ei fod yn gwsmer da. Prynodd basti, paced o bedair sosej-rôl; digon am heno a bore fory. Roedd rhaid meddwl ymlaen gan na fyddai unrhyw beth ar gael iddo ei fwyta yn y tŷ.

Bwytodd y pasti ar y sedd y tu fas i'r siop, a sylwodd bod yna siop gadwyn goffi newydd o'r enw Rosta Nosta gyferbyn â Dreggs. Aeth i mewn i'r siop goffi gan fod ganddo ddigonedd o amser i'w ladd.

Hwn oedd y tro cyntaf iddo fe fod mewn Rosta, er iddo fod yn Bigbucks nifer o weithiau a heb fwynhau'r profiad o gwbl, ond falle bydde hwn yn wahanol. Roedd yn fodlon mentro arni.

Gofynnodd y ferch oedd yn gweini iddo beth hoffai ei gael heddiw. Roedd yna restr hirfaith o wahanol fathau o goffi y tu ôl i'r cownter, a'r rheini yn hollol ddierth iddo – yn gwmws fel Bigbucks.

"Could I just have a white coffee please," gofynnodd Gwilym.

Roedd yn amlwg wrth wep y ferch oedd yn gweini nad oedd neb byth yn gofyn am goffi gwyn. Rhyfedd, a hwythau mewn siop goffi.

"Our choices are on the sign above, sir, they are all coffees apart from the hot chocolates – which are hot chocolates."

Roedd hon o ddifri. Darllenodd Gwilym y rhestr hirfaith:

Americano, Caffè Latte, Caffè Misto, Espresso, Espresso Con Pana, Flat White, Honey Almond Milk Flat White, Peacon Crunch Latte, Pumpkin Spice Latte, Cinnamon Dolce Latte, Oatmilk Latte, Vanilla Woosh Latte, Apple Crisp Macchiato, Caramel Macchiato, Espresso Mule Macchiato, Caffè Mocha...

Dim ond *Espresso* roedd Gwilym yn ei adnabod mas o'r rhestr ddiddiwedd, a doedd e ddim yn moyn hwnnw. Meddyliodd yn ofalus cyn ateb.

"What is the closest out of that long list to a white coffee, please?"

"That would be a Caffè Latte, sir."

"Gwych, *I'll have a Caffè Latte, please,*" ebe Gwilym gyda theimlad o foddhad.

"Okay, sir. Which roast would you like?"

"I'm sorry, what do you mean?" gofynnodd Gwilym gan ofni'r gwaethaf.

"We have Veranda Blend, Medium Pike Roast, Dark Roast, Clover Vertica, Decaf Vertica, Tanzanya Blend, Luna Blend, Milano Blend, Turin Blend…"

"Could I have the Turin Blend please, in memory of the late, great John Charles."

Edrychodd y ferch yn syn arno unwaith eto. Roedd hi'n amlwg heb glywed am John Charles na chlwb pêl-droed Juventus. Aeth ymlaen at y rhestr nesaf o ddewisiadau.

"Would you like Tall or Regular, sir?"

"Small, please."

"We don't do small, sir, only Tall or Regular."

"Well, presumably, Regular is smaller than Tall… so I'll have the Regular, please."

Aeth y ferch ati i deipio'r cyfarwyddiadau ar sgrin. Roedd hi'n teipio cymaint, galle hi fod yn ysgrifennu rhaglen gyfrifiadurol newydd. Ar ôl ychydig eiliadau, roedd rhaid i Gwilym ofyn y cwestiwn.

"Is that it? Are we finished?"

"Certainly, sir; it's the Regular Caffè Latte Turin Blend. That wasn't too difficult really now, was it? Name, please."

Teimlodd Gwilym ei dymer yn codi. Doedd e ddim wir

am gael ei fychanu mewn siop goffi am nad oedd yn deall y fwydlen.

"Excuse me, but why exactly do you want my name? You're turning what should be a simple process of ordering a hot caffeine drink into a bureaucratic nightmare."

"Sorry you feel that way, sir; I just want to personalize your cup."

Meddyliodd ychydig cyn rhoi ateb;

*"It's Geoff – spelt **G**, **e**, **o**, double 'f', not **J**,**e**, double 'f'. I was named after the great Welsh second row, who would be as totally lost as I am in such a mad establishment as this. You can use 'Geoff' to give my cup personality; sorry, I mean to personalize my cup."*

Anwybyddodd y ferch Gwilym, aeth ymlaen gyda mwy o ddewisiadau;

"Would you like anything else today, Geoff?"

Pwy uffarn oedd 'Geoff'? meddyliodd Gwilym, cyn sylweddoli mai fe oedd Geoff.

"Do you have any Tishen Lap, *please?"* gofynnodd, gan wybod bod dim gobaith caneri ganddo gael darn o dishen draddodiadol Gymreig mewn lle tebyg i hwn.

"Sorry, Geoff, I don't know what that is, but we do have…"

Torrodd Gwilym ar ei thraws cyn i'r ferch gael cyfle i restru bob sgwaryn melys dan haul.

"Tishen Lap is a firm cake which if of proper consistency; can be dipped or dunked into a hot beverage and then eaten. It was a favourite of farm labourers in these parts, eaten freely without fear of weight gain due to carbohydrate deficit brought about by hard manual labour. Have you any cake which can

tick this box please? I don't want a slice of pure sugar which will immediately disintegrate and turn my coffee into a boiling-hot, sugary, sickly soup."

Gwenodd y ferch yn anesmwyth cyn cofio'r hyfforddiant ar sut i ddelio gyda chwsmer lletchwith.

"We don't have any of that, sir, but we do have..."

"Stop. Please, stop. No more lists, please. I'll just have the Mocha-Pocha Chadanoova Choo-Choo, with a ripe banana on top of what ever it is I've ordered. Please."

Cofiodd Gwilym ei faners ar yr eiliad olaf. Roedd am dalu ac yna diflannu allan o 'ma.

Newidiodd agwedd y ferch; cododd ei llais ychydig cyn siarad...

"Would you like to speak to the manager, Geoff?"

"Yes, okay. That would be great, thanks."

Gwasgodd y ferch fotwm ar y cownter, ac o fewn eiliadau daeth boi arall o rywle – nad oedd ond ychydig yn hŷn na'r ferch a fu'n gweini.

Aeth draw at y ferch ac fe sibrydodd y ddau gyfrinachau mawr cyn i'r boi ddod draw.

"Hi, sir. Are you Geoff?"

"Yes, I am Geoff. And what is your name, sir?" atebodd Gwilym, gan fabwysiadu ei lais nawddoglyd gorau.

"I'm sorry, Geoff, it's company policy for baristas not to give out their names."

"Baristas? What, pray tell, is a barista? Is it similar to a barrister?"

Deallodd y bachan yn syth bod yna ymgais i dynnu coes yn digwydd gan fod tinc bach sarcastig yn llais Gwilym.

"A barista is what we call our dedicated staff who have gone through rigorous training so that they may offer you the ultimate, unrivaled coffee experience. How can I help you today, sir?"

Ystyriodd Gwilym fod y Bòs Barista hefyd wedi bod ar gwrs hyfforddi er mwyn rhoi ateb parod i gwsmeriaid fel Gwilym. Wedi dweud hynny, roedd yn falch o wybod beth oedd ystyr y gair 'barista'. Ymhelaethodd Gwilym:

"No complaints, honestly. I know you're all doing your best to stay ahead in a very competitive field, and that you are all very well trained – programmed, even – but may I, please, just have a small coffee with milk to take away, and no more lists or options…? Please?"

"Certainly, sir – I'll just get that for you now, Geoff," meddai bòs y baristas.

O fewn ychydig, daeth y coffi gyda'r enw Geoff ar y cwpan wedi ei sillafu 'Jeff'.

"Diolch."

"No worries, sir. Is there anything else I can get for you today?" meddai'r boi mewn llais buddugoliaethus, yn benderfynol o gynnig opsiwn arall ac ennill y dydd.

"Dim diolch," meddai gan siglo ei ben.

Aeth Gwilym allan o *Rosta Nosta* yn cario cwpan oedd yn rhy dwym i afael ynddo am fwy na deg eiliad. Atgoffodd ei hun ar y ffordd mas i beidio â mynychu'r fath le byth eto.

Cerddodd ar hyd y stryd gan stopio bob yn ail funud i roi'r cwpan crasboeth i lawr. Roedd yn dal yn llwglyd, gan fod y pasti o Dreggs yn llawn aer yn hytrach na chig *corned beef* fel y disgrifiwyd hi iddo. Penderfynodd drial y bwyty brys, *Kentucky Dried Ffowlyn* oedd newydd agor yn y dre.

Cerddodd yn syth at y cownter, gan nad oedd ciw. Roedd y crwt oedd yn gweini tua'r un oedran â'r groten oedd yn gweni yn *Rosta Nosta* ac roedd ganddo gymaint, os nad mwy o datŵs.

"Bore da. *I would like something to eat, please.*"

"*Certainly, sir. Please order at one of our self-service order stations and keep a look out on the large screen for your order. I will also inform you verbally when it's ready to collect.*"

O, diar, meddyliodd Gwilym, gan ddarogan na fyddai'r sgwrs yn un hawdd.

"*Couldn't I just give you my order, since you work here, and I – on the other hand – do not?*"

"*Very sorry, sir, I'm not trained to take orders – only to dispense. I am the chief dispenser.*"

Edrychodd Gwilym dros ei ysgwydd a sylwi bod yna giw bach ger y pedwar bwth archebu electronig, gyda chwsmeriaid yn tapio eu harchebion ar sgrin. Gwyddai yn syth na lwyddai i gael bwyd yn y lle hwn.

"*Okay, before I go and tackle the ordering screen, could you please recommend me a meal? What sort of things do you do?*"

"*Chicken, sir. We do chicken,*" meddai â gwên fel saim.

"Fi'n gweld. *I see. Are you telling me that all these people, who are tapping away frantically on these screens, are all ordering chicken?*"

Hwn oedd yr unig anogaeth roedd ei angen ar y crwt i ddechrau rhestru yr holl eitemau oedd ar fwydlen *Kentucky Dried Ffowlyn*.

"So we can do you a Bucket, a Sharing Bucket, a Box Meal with your choice of sides, a Twister, a Wrap, a Zinger, a Winger, a…"

Cododd Gwilym ei law yn araf bach.

"Stop, stop please. Enough. Digon. It's Double Dutch. It's ancient Siamese. I will leave it. Diolch. Da bo."

Cerddodd o'r bwyty yn dal yn llwglyd, ond roedd y dref yn llawn bwytai bwyd brys, a doedd ganddo 'mo'r amynedd na'r gallu i archebu rhywbeth i'w fwyta.

Penderfynodd nad oedd e'n siwtio'r bywyd modern, a dechreuodd fwyta un o'r sosej-rôls o Dreggs oedd i fod ar gyfer trannoeth. Roedd hon eto yn llawn aer, ac roedd ei bwyta fel cnoi balŵn.

Dydd Llun: 22 / 1 / 2015
Ysgol Bro Copor

HEDDIW OEDD Y diwrnod mawr – dechrau arolwg Ysgol Bro Copor yn Abertawe a Gwilym Puw oedd yn arwain y tîm o arolygwyr. Er ei fod wedi gwneud dros ddeugain arolwg mewn pymtheng mlynedd, eto byddai wastad rhyw deimlad o gynnwrf a nerfau ar y diwrnod cyntaf, ond heddi teimlai'n hollol ddifater ynglŷn â'r achlysur. Ysgol Gyfun Gymraeg arall, tîm rheoli ifanc a nerfus oedd ar fin cael reidad, a choeled o athrawon oedd yn ysu am osgoi ei wynebu.

Er bod pob athro wastad yn or-gwrtais, eto i gyd dymuno gweld ei gefn roedd pawb. Cofiai Gwilym i ambell Arolygwr gyfaddef ei fod yn eitha mwynhau'r pŵer, o weld yr olwg ofnus ar wyneb athro bach ifanc wrth iddo gerdded i mewn i'w wers – fel yr olwg ar wyneb cwningen wrth edrych i mewn i faril dryll ffarmwr.

Tawel a llawn tyndra oedd bwyta brecwast yng nghwmni Ema. Byddai Ema yn codi yr un pryd â Gwilym, ar ddechrau arolwg, ac fe gelen nhw gyfle i drafod beth oedd 'mlaen gyda'r ddau yn ystod yr wythnos. Ym mlynyddoedd cynnar a hapus eu priodas, roedd yn syniad da; ond, erbyn hyn, byddai Gwilym yn eitha balch o weld Ema yn aros yn ei gwely, fel y gwnâi'n amal erbyn hyn.

"O's 'da ti goffi?"

Ema oedd y cynta i siarad.

"Oes, diolch."

"Ti heb gael dy dost?"

Roedd Ema druan yn gwneud ei gorau i gynnal sgwrs.

"Naddo. O'n i ddim yn siŵr a fydde bara ar gael, felly prynes i sawl sosej-rôl yn Dreggs ddoe."

"Dreggs? Beth ti'n meddwl, Dreggs? Fyddi di byth yn mynd i Dreggs."

"Wel, a gweud y gwir, dw i wedi bod yn mynd i Dreggs yn amal yn ddiweddar. Dw i wedi dechrau mynd i Rosta Nosta hefyd, i ti ga'l deall."

Digon oeredd oedd agwedd Gwilym.

"Fi mewn bach o hast achos 'wy'n mynd i ddala'r trên o Gaerfyrddin i Abertawe."

Roedd Gwilym wedi penderfynu defnyddio mwy ar drafnidiaeth gyhoeddus er mwyn gwneud cyfraniad bach at achub y blaned.

"Ond… fyddi di byth yn…"

"Jest yn ffansïo newid, 'na i gyd. Fi'n mynd i seiclo i orsaf Caerfyrddin, dala'r trên saith o Gaerfyrddin i Abertawe ac wedyn dala bws o ganol Abertawe i Bonymaen, lle mae'r ysgol. Rhwydd."

"Ond ti byth yn defnyddio'r trên."

Roedd ailadrodd parhaus Ema yn un o'r pethau amlycaf a fyddai'n danto Gwilym.

"Wel, heddi, fi'n mynd i ddala'r trên, blodyn."

Methodd â chuddio cymaint roedd Ema yn ei gorddi.

"'Sdim rhaid gweiddi. O'n i jest yn trial dangos diddordeb."

Roedd y frawddeg hon bob amser yn ddatganiad mai Ema oedd wedi ennill y ddadl.

"Ocê, sori. Gwell i fi fynd. Fi'n moyn gadael digon o amser i wneud y siwrne, fel y galla i gwrdd â phennaeth yr ysgol am 8.30."

"Iawn. Hwyl te," ebe Ema.

"Hwyl te," meddai Gwilym.

Gwnaeth y ddau roi esgus o gusan fach ar foch y llall, fel actorion yn cusanu ar noson yr Oscars.

Clodd Gwilym ei feic y tu fas i stesion Caerfyrddin. Roedd cyntedd yr orsaf yn oer a digysur.

"Odych chi'n siarad Cwmrâg?" gofynnodd Gwilym i'r swyddog.

Byddai Gwilym yn dechrau pob sgwrs fel hynny. Roedd yn siŵr bod pawb oedd yn enedigol o Sir Gâr yn gallu deall digon o Gymraeg i ateb y cwestiwn syml, hyd yn oed os mai "Na" fyddai'r ateb.

"Tamed bach," daeth yr ateb.

"Tamed bach yn hen ddigon, bachan. Tocyn i Abertawe plis, boi."

"Iawn, syr. *Return?*"

"Ie. Os gwelwch yn dda."

Deuddeg punt oedd y pris. Bargen. Roedd yna ddau fath o daith trên o Gaerfyrddin i Abertawe. Y daith gyntaf yn stopio yn Llanelli yn unig a'r ail yn stopio rhyw saith o weithiau mewn nifer helaeth o bentrefi bach ar y lein. Roedd Gwilym yn gobeithio am yr ail daith, er ei fod yn cymryd ugain munud yn hirach. Fel arfer, byddai'n poeni am brydlondeb ar fore cyntaf arolwg, ond am ryw reswm, y bore hwnnw, doedd e'n poeni dim. Cymerodd ei sedd ar y trên, a hwnnw ar amser.

Roedd gan y boi ar yr uchelseinydd accn Gymreig iawn, a gallai ynganu enw pob pentref yn berffaith. Doedd dim ymdrech i gyhoeddi'r neges yn Gymraeg, er bod ei acen yn awgrymu ei fod yn Gymro; roedd yn siarad Cymraeg ond gan ddefnyddio geiriau Saesneg. Rhyfedd iawn, meddyliodd Gwilym.

Heblaw'r ffaith ei fod yn defnyddio trafnidiaeth gyhoeddus am y tro cyntaf mewn pymtheng mlynedd, roedd heddiw yn wahanol am nad oedd wedi twlu pip ar ei ffôn hyd yn hyn, er iddo fod yn effro ers dros awr. Pan edrychodd, gwelodd fod ganddo *missed call* oddi wrth Maldwyn, dirprwy arweinydd ffyddlon ei dîm arolygu, un trwyadl ac un a oedd yn mwynhau ei waith. Roedd Maldwyn yn un o'r cymeriadau lwcus hynny, am ei fod wedi darganfod y swydd a oedd yn ei siwtio. Galwedigaeth Maldwyn oedd arolygu. Arolygu oedd hanfod ei fywyd; ac felly, roedd yn arolygwr gwych, ond yn gwmni diflas – am ei fod wir yn credu ei fod yn gwneud gwaith pwysig. Wrth i'r trên agosáu at stesion Abertawe, penderfynodd Gwilym y byddai'n well iddo ffonio Maldwyn. Atebodd Maldwyn ei ffôn yn syth bìn.

"Gwilym, beth sy'n bod? Fi wedi hala pump tecst a dau

e-bost atat ti heb dderbyn unrhyw ymateb. Odi popeth yn iawn?"

"Bore da, Maldwyn. Odi, ma popeth yn iawn fan hyn. Wedi bod yn cael problemau gyda'r ffôn ac, yn anffodus, dim ond galwade sydd yn gweithio ar y foment. Fi'n falch iawn dy fod ti wedi ffonio, achos yn anffodus, efallai y bydda i bach yn hwyr ar gyfer y cyfarfod gyda Mr. Beynon, y prifathro, bore 'ma. Mae'r BM wedi penderfynu mynd ar streic ac 'wy ar y trên ar y ffordd i orsaf Abertawe."

Roedd gweud celwydd wrth Maldwyn yn rhwydd; pyrc fach arall o fod yn fòs.

"*Oh, my God*, Gwilym. Flin iawn i glywed hyn. Mae'r cyfarfod gyda Mr. Beynon y pennaeth a Ms. Phillips y dirprwy i fod gychwyn am hanner awr wedi wyth; wedyn ma dwy awr o graffu ar waith y blynyddoedd cynnar a chyfweliad gyda'r disgyblion. Do's dim gobeth i ti gyrraedd erbyn hanner awr wedi wyth."

Sylwodd ar y siom yn llais Maldwyn; un a oedd wedi bod yn aelod o dîm arolygu Gwilym ers wyth mlynedd, bellach, ac wedi cydweithio ar dros bymtheg arolwg. Doedd Gwilym erioed wedi bod yn hwyr i'r un arolwg cyn hyn.

"Maldwyn, ma gyda fi ffydd llwyr ynot ti ac rwy'n hollol sicr y galli di ddechre'r cyfarfod agoriadol hebdda i. Os gwnei di ymddiheuro i Mr. Beynon a Ms. Phillips, byddai hynny'n grêt."

Bu ychydig eiliadau o dawelwch wrth i Maldwyn ystyried y sefyllfa newydd. Er, yn annisgwyl, roedd

Maldwyn yn hyderus ac yn barod i ymateb i unrhyw her yn y maes arolygu.

"Iawn, Gwilym. Odych chi'n meddwl byddwch chi 'ma erbyn chwarter i naw?"

"Bydda, garantîd. Diolch, Maldwyn. Gwna dy ore."

Byddai Gwilym yn aml yn defnyddio'r ymadrodd "gwna dy ore" i orffen sgwrs gyda Maldwyn, gan ei fod yn ffordd o atgoffa'r arolygwr ifanc nad fe oedd yr arweinydd. Ychydig bach yn nawddoglyd ond yn taro'r nodyn cywir.

Tynnodd y trên i mewn i orsaf Abertawe. Edrychai ymlaen yn arw at y daith o ganol y dref i Ysgol Bro Copor, yn enwedig gan fod Maldwyn yn mynd i arwain y cyfarfod agoriadol. Aeth Gwilym lan at y ffenest oedd yn nghyntedd yr orsaf o dan y pennawd 'Help Desk'. Yn eistedd tu ôl i'r ffenest fach roedd swyddog, a oedd, yn ôl ei wep yn casáu ei waith. Roedd y boi yn y swydd anghywir, a'r olwg ar ei wyneb yn awgrymu nad oedd yn barod i helpu neb.

"Bore da," cyfarchodd Gwilym e, gan wybod fod yna ddim gobaith caneri coch o gael ateb Cymraeg ganddo.

"Bore da," atebodd y boi bach yn ôl.

Anhygoel, meddyliodd Gwilym.

"Allwch chi ddweud wrtha i y ffordd orau i gyrraedd Ysgol Gyfun Gymraeg newydd Bro Copor os gwelwch yn dda?"

"Sorry sir, don't speak Welsh, but you can either catch the 119 bus to Neath from the Quadrant and get off at the Halfway Bonymaen, or alternatively you can take a right from the station and walk through the Hafod, then Pentrechwith and from there you'll see Bro Copor at the top of the hill."

Os nad oedd yn siarad Cymraeg, sut yn y byd y deallodd y cwestiwn? Meddyliodd Gwilym ei fod yn perthyn i'r categori newydd o Gymry sydd yn deall, ond nid yn siarad – categori ieithyddol hanner ffordd. Roedd y cyfarwyddiadau yn fanwl gywir, felly roedd y boi yn y swydd iawn wedi'r cwbl. Falle bod y swyddog bach wedi mabwysiadu'r olwg o ddiffyg diddordeb er mwyn ffitio i mewn gyda phawb arall oedd yn gweithio ar y trenau. Roedd yr *'understand it but don't speak it'* yn nodweddiadol iawn o agwedd nifer o drigolion y ddinas.

"Diolch yn fawr. Ma hwnna'n help mawr," meddai Gwilym.

"Croeso," atebodd y swyddog, ychydig yn fwy serchog.

Penderfynodd Gwilym gerdded i'r orsaf fysie oedd y tu ôl i'r Cwadrant. Roedd y wâc lawr yr hyn a elwir yn Stryd Fawr neu'r High Street yn Abertawe yn un ddigalon dros ben. Cofiodd Gwilym fel y byddai'r stryd yn lle arbennig iawn i siopa yn y ddinas. Bwrlwm o siopau llewyrchus fel Woolworth's a David Evans. Digon o gaffis bach Eidalaidd yn gwerthu coffi go iawn a gâi ei boeri mas gan beiriant enfawr sgleiniog a'i arllwys i mewn i gwpan tsieina. Wrth ymyl adfeilion y castell ar waelod y stryd roedd yr hen Castle Gardens a fyddai gynt yn barc bach trwsiadus. Parc â gofalwyr a garddwyr yn carco'r gwyrddni a chymryd diddordeb yn y blodau. Rhywle i eistedd ar ôl bore bishi o siopa. Rhywle i enaid gael llonydd a rhywle i yfwyr y prynhawn gwrdd.

Tra gwahanol oedd y stryd hon erbyn hyn. Fel arfer, mewn tref, neu ddinas, mae'r siopau elusen yn symud i mewn ar ôl i'r siopau cadwyn gau, ond beth sydd yn digwydd pan fydd y siopau elusen ddim am fod yno chwaith? Dim byd yw'r ateb. Adeiladau gwag a fyddai'n costio gormod i'w hadnewyddu. Adeiladau gwag yn gwaethygu o flwyddyn i flwyddyn, fel dannedd pwdwr mewn rhes a fu unwaith yn wyn. Bylchau mewn gwên. Cerddodd Gwilym heibio'r tafarnau a'r siopau a fu unwaith yn boblogaidd, ond yn awr, erbyn hyn, yn adeiladau gwag anniben â'r pren dros yr hen ffenestri yn wahoddiad agored i fois y graffiti esgus eu bod yn creu celf, yn hytrach nag annibendod.

Arhosodd Gwilym am eiliad y tu fas i hen dafarn y 'Shoulder of Mutton' oedd drws nesaf i hen dafarn arall yr 'Adam and Eve'. Roedd y ddau ishws wedi cau, wrth gwrs, ond roedd cyflwr yr adeiladau yn druenus hyd yn oed i'r stryd hon. Cofiodd Gwilym am y gigs 'Tyrfe Tawe' a fyddai'n digwydd yno, y lle dan ei sang ac yn llawn dop o Gymry'r ddinas. Cofiodd fynd yno hefyd am beint, cyn gêm yn y 'Shoulder', ac edrych gan ryfeddu at lun enfawr o alarch y tu ôl i'r bar, fel datganiad clir, i bob cefnogwr a deithiai yno ar drên, mai tafarn i gefnogwyr cartref yn unig oedd hon. Doedd e ddim yn berson sentimental, ond roedd picil yr hen fannau cyfarfod hyn yn achosi tristwch. Roedd y teimlad ar fin gwaethygu wrth iddo gyrraedd pen pella'r stryd a hen safle y 'Castle Gardens'.

Nid gerddi oedd ar ben y stryd fawr bellach, ond yn hytrach rhyw erw o goncrit. Ar un ochr i'r cae concrit roedd yna fwy o risiau concrit, tua hanner cant ohonyn nhw ac ar ochr arall i'r cae concrit roedd McDonalds. Dim tamed o wyrddni yn unman. Dim saib i'r llygaid gael gorffwys ar ychydig o laswellt na cholfen a dim aderyn i'w glywed heblaw am y gwylanod ewn oedd yn hedfan o gwmpas McDonalds yn barod i ymosod a dwyn sglod. Anialwch o goncrit digyfaddawd.

Ar ymylon y cae concrit roedd yna bebyll bach, fel madarch yn tyfu mas o fonyn coeden bwdwr. Rhain oedd cartrefi rhai o drigolion digartref y ddinas, y bobl doedd neb am eu gweld na'u cydnabod. Y gwersyllwyr anweledig. Fel arfer bydde Gwilym wedi cerdded heibio'r pebyll hyn, gan osgoi edrych i gyfeiriad y gwersyllwyr digartref. Fel arfer byddai'n brasgamu heibio mewn hast i gyrraedd cyfarfod, ond am ryw reswm roedd y bore ma'n wahanol.

Aeth at ddyn canol oed a eisteddai ar flanced y tu fas i'w babell.

"Good morning."

Gwilym oedd y cyntaf i siarad. Edrychodd y gŵr arno am eiliad cyn siarad.

"Let me have another ten minutes, mwsh, then I'll move on."

Roedd yn amlwg fod y gŵr digartref yn meddwl mai swyddog o ryw fath oedd Gwilym.

"I don't want to move you on, I don't want anything. Are you okay, how did you sleep?"

Unwaith eto, roedd yna oedi cyn iddo ateb.

"How did I sleep? Are you for real? How do you think I slept? I slept here on the hard pavement in the freezing cold."

Sylweddolodd Gwilym dwpdra ei gwestiwn. Doedd e ddim yn gwybod beth i'w ddweud wedyn. Roedd yn difaru codi sgwrs ag e erbyn hyn. Beth pe bai gan y boi gyllell? Aeth ymlaen i balu twll dyfnach byth.

"Sorry. I didn't mean to patronise, I mean, to look down on you."

"That's all right, mwsh. I understand the meaning of the word 'patronise'. You can patronise as much as you want if you give me two quid for a coffee."

"Of course."

Tynnodd Gwilym ddarn dwy bunt o'i boced a'i osod yn y cwpan coffi gwag oedd wrth droed y boi.

"Nice one," meddai'r dyn, ond wnaeth e ddim diolch. "Don't worry – it is for a coffee, before you ask. I might have a drink later on mind."

"Right you are," meddai Gwilym.

Nid dyma'r sgwrs roedd wedi disgwyl ei chael. Beth bynnag oedd picil y dyn digartref, roedd yn siarp ac yn gyfarwydd iawn â delio gyda Samariaid nawddoglyd. Cerddodd oddi yno yn sionc. Dyna ddigon o ddangos diddordeb ym mhicl y digartref. Roedd ganddo arolwg i'w arwain ac roedd yn debygol o fod yn hwyr am y tro cyntaf yn ei fywyd.

Cyrhaeddodd orsaf fysiau y Cwadrant a'i wynt yn ei ddwrn. Cofiodd gyngor y swyddog trenau a daeth o hyd i gât bws rhif 119. Roedd yn lwcus bod bws 119 yn aros yno.

"Return to the nearest stop to Ysgol Bro Copor, please."

Gan fod Gwilym ar gymaint o hast, anghofiodd yr egwyddor o ddechrau pob sgwrs yn y Gymraeg.

"Certainly, sir. Get off the bus at the Halfway pub and you'll *have a fifteen minute walk up the 'ill to the school. Workin' there, is it?"*

Roedd Gwilym wedi anghofio pa mor fusneslyd oedd trigolion y ddinas. Nid dinas oedd hi, a dweud y gwir, ond pentref mawr arfordirol ar waelod cwm diwydiannol. Yn Abertawe mae'r cymoedd yn cyfarfod â'r môr ac er bod ganddi'r teitl 'dinas', mae agosatrwydd y trigolion yn gwneud i'r lle deimlo fel pentref sydd wedi tyfu'n rhy fawr. Mae Abertawe am fod yn ddinas fel mae bachgen pymtheg mlwydd oed am fod yn ddyn, ond mae'r ddau wedi tyfu'n rhy gloi, felly maen nhw braidd yn lletchwith ac yn ansicr o sut y dylen nhw ymddwyn.

"Yes, I am. I'll probably be using this bus all week."

"Oh, that's alright then. Every fifteen minutes we go, see. It's a very good school, that. My nephew Mason goes there and he do loves it."

"Oh, that's good news," meddai Gwilym, gan deimlo'i hunan yn cael ei lusgo i mewn i sgwrs am ei waith gyda gyrrwr bws nad oedd e erioed wedi cwrdd ag e o'r blaen. Cymrodd ei docyn a diolch.

Roedd y siwrne ar y bws mas o'r ddinas yn ddierth i Gwilym am fod y system unffordd o gwmpas canol y ddinas wedi newid. A dweud y gwir, roedd y system o reoli traffig yng nghanol y ddinas yn newid yn gyson, fel 'tase'r awdurdod lleol yn ceisio profi amynedd y gyrwyr. Y jôc leol oedd bod cynllunwyr Cyngor Abertawe wedi neud mwy o draed moch o ganol y ddinas nag a wnaeth y Luftwaffe yn ystod yr Ail Ryfel Byd. Er bod y system newydd i fod i ysgafnhau'r traffig, roedd y tagfeydd yn dal yno ac fe gymerodd y siwrne o ddwy filltir ychydig dros ugain munud. Roedd Gwilym yn amcangyfrif y byddai ugain munud yn hwyr, felly. Neidiodd oddi ar y bws wrth yr 'Halfway'.

"All the best now, pal," gwaeddodd y gyrrwr, ar ei ffrind gorau newydd.

Gwyddai i ba gyfeiriad roedd yr ysgol. Lan stryd Capel y Cwm, troi i'r chwith ac yna yn syth lan y tyle. Roedd yna nifer o ddisgyblion ysgol yn cerdded i'r un cyfeiriad. Rhaid dweud bod eu hymddangosiad o ran gwisg yn eithaf da. Sylwodd fod y grŵp o wyth oedd yn cerdded o'i flaen yn gwisgo sgidiau du deche, a'r mwyafrif yn gwisgo cot law ddu dros eu siwmperi coch. Ar ôl ugain mlynedd o wneud arolygon, roedd y cwestiwn 'caniatáu *trainers* ai peidio' yn codi byth a beunydd, fel 'se gwisgo pâr o daps Puma i'r ysgol yn drosedd erchyll.

Sylwodd Gwilym mai acenion lleol oedd gan y plant. Doedd mewnlifiad miloedd o Saeson ddim yn gonsýrn fan hyn. Doedd yna ddim ffermydd bach deg erw – i gadw ffowls a buwch am laeth ffres – ar gael; nac ychwaith bargen o fwthyn bach twt, yn llawn cymeriad, i'w brynu'n rhad ac i'w adnewyddu – y freuddwyd newydd oedd yn difetha cymunedau Cymreig a Chymraeg. Fyddai Bonymaen ddim ar restr yr ardaloedd ar raglen deledu *Escape to the Country*. Dim ond tai teras a thai cyngor oedd yr ochr hon i'r cwm a doedd yna ddim rheswm i symud yma; a dweud y gwir, yr her oedd creu cyfleon fel bod pobl yn aros yma. Doedd neb am 'Escape to Bonymaen'.

Sylwodd hefyd nad oedd gair o Gymraeg i'w glywed

gan y disgyblion. Doedd hyn ddim yn sioc – anaml iawn y byddai Gwilym yn darganfod disgyblion yn siarad Cymraeg y tu fas i'r dosbarth ar ei ymweliadau ag ysgolion Cymraeg. Y ffaith oedd bod yna nifer cynyddol yn gallu siarad yr iaith, ond llai yn ei defnyddio, a'r categori 'understand but can't speak' ar gynnydd.

Sylwodd ar enwau'r tai teras oedd wedi eu gwasgu i mewn ar bob ochr i'r heol. 'Golwg y Cwm', 'Pencwm', 'Tegfan', 'Corlan' a 'Shangri-La'. Daeth 'Shangri-La' â gwên i'w wyneb. Pedwar mas o bump tŷ ag enw Cymraeg, a'r pumed yn baradwys. Tybed ai Cymry Cymraeg oedd yn berchen ar y tai ddwy genhedlaeth yn ôl? Roedd y tai yn daclus ac yn dwt gydag ambell i un yn ddau dŷ wedi'u bwrw drwodd i greu un tŷ mawr. Syniad da a chymaint yn well na phrynu bocs o dŷ newydd, meddyliodd.

Roedd yn bum munud ar hugain wedi wyth wrth i Gwilym gyrraedd gatiau'r ysgol. Roedd yr iard o flaen y brif fynedfa yn bandemoniwm. Cannoedd o bobl ifanc yn eu harddegau yn chwarae, ymladd, sgwrsio, rhegi, gwthio, dal dwylo, clebran, herio a rhedeg i bob cyfeiriad heb ddim rheswm. Roedd Gwilym wedi dysgu mai edrych yn hyderus a cherdded drwy ganol carnifal yr iard oedd y dacteg orau ar y bore cyntaf. Doedd gan ddisgyblion ysgol ddim diddordeb mewn unrhyw berson, heblaw am eu cyfoedion ac roedd dyn canol oed wastad yn anweledig.

Agorodd ei lygaid led y pen wrth weld golygfa hollol annisgwyl. Yn gwneud ei ffordd yn ara bach drwy ganol y dorf afreolus roedd yna geffyl, gyda dyn canol oed a phlentyn mewn gwisg ysgol ar ei gefn. Edrychodd yn ofalus a sylwi nad oedd cyfrwy ar gefn y poni, ond blanced a hen ddarn o raff oedd yr awenau. Stopiodd y ceffyl wrth y brif fynedfa a neidiodd y disgybl oddi ar gefn y ceffyl. Beth ar wyneb y ddaear oedd hyn? Darllenodd am geffylau gwyllt yn pori ar dir comin o gwmpas Abertawe, ond doedd e erioed wedi meddwl bod y ceffylau hyn yn cael eu defnyddio i'w marchogaeth. Yn fwy anhygoel byth, wnaeth y disgyblion ar yr iard ddim talu unrhyw sylw i'r olygfa. Roedd cael ceffylau gwyllt ar iard yr ysgol yn amlwg yn ddigwyddiad dyddiol.

Rhaid cyfaddef bod golwg digon iach ar y ceffyl; roedd yn amlwg bod y perchnogion yn gofalu amdano. Cerddodd y poni yn syth at Gwilym. Ni allai symud wrth syllu mewn anghrediniaeth arno. Stopiodd y ceffyl reit o'i flaen. Dyn mawr, digon garw yr olwg oedd y perchennog.

"Excuse me, mwsh. He's put on a bit of weight, and you're standing right in the middle of the gate see. We'll never squeeze through there."

"Sorry, so sorry," atebodd Gwilym yn ofalus iawn i beidio ag ypsetio'r marchog lleol. *"Are you the owner?"*

Chwerthodd y dyn yn uchel.

"Nobody owns him mun."

A bant â fe.

Aeth Gwilym i mewn i'r ysgol, hanner awr yn hwyr i gyfarfod agoriadol, am y tro cyntaf yn ei fywyd.

Cyfarfod Agoriadol

Yn eistedd o gwmpas bord dderw gron, roedd Mr. Beynon y pennaeth ifanc, Ms. Phillips y dirprwy a Maldwyn Morris. Cerddodd Gwilym i mewn heb gnocio. Wedi'r cwbl roedden nhw'n aros amdano.

"Bore da, bawb. Ymddiheuriadau mawr am gyrraedd mor hwyr. Hunllef o ddiwrnod; car wedi torri lawr, a gorfod cymryd y trên o Gaerfyrddin. Rwy'n siŵr bod Mr. Morris, fy nirprwy ffyddlon, wedi cychwyn gosod agenda'r wythnos yn gryno i chi."

"A dweud y gwir, Mr. Puw, roeddwn i'n meddwl y bydde hi'n well aros i chi gyrraedd, gan mai chi yw arweinydd y tîm," atebodd Maldwyn.

Roedd ateb gyda fe i bopeth, meddyliodd Gwilym.

"Ga i gyflwyno Mr. Beynon, y pennaeth, a Ms. Phillips, y dirprwy."

Estynnodd Gwilym law a siglo dwylo. Roedd gan y ddau afael gref – Ms. Phillips yn enwedig. Roedd hi yn ei thridegau hwyr, yn denau, yn smart ac wedi gwisgo'n gall ac yn broffesiynol – trwser du a siwmper lwyd o Marks. Roedd Beynon yn foi yn ei bedwardegau, yn dal, a'i glustiau yn awgrymu ei fod wedi bod yn chwaraewr rygbi yn yr ail reng. Roedd hynny i Gwilym yn arwydd da. Nid yw'n deg ffurfio barn am berson ar yr olwg gyntaf, ond rodd pâr o glustie fel 'na yn dangos bod Beynon wedi hwpo'i ben i mewn yn galed mewn sawl sgrym.

"Cyn i Mr. Morris ein tywys ni drwy agenda'r wythnos, ga i'ch holi chi, Ms. Phillips. Un o ble ry'ch chi'n wreiddiol?"

Cwestiwn rhyfedd i ddechrau. Doedd neb o'r tri yn disgwyl mân siarad ar ddechrau'r bore cyntaf mewn arolwg. Meddyliodd Maldwyn Morris mai tacteg newydd oedd hon gan Gwilym... gwneud iddyn nhw ymlacio yn ei gwmni, fel y byddai ambell i gyfrinach, ambell i sgandal yn slipo mas yn ystod yr wythnos. Atebodd Ms. Phillips yn bwyllog.

"Rwy'n dod yn wreiddiol o Aberaeron, Mr. Puw."

"Aberaeron? W! Hyfryd iawn, wir. Ni wedi cael sawl gwyliau hyfryd iawn yn Aberaeron. Mae 'ngwraig yn hoff iawn o westy'r Harbourmaster. Odych chi'n gyfarwydd â'r Harbourmaster, Ms. Phillips?"

"Ma pawb yn Aberaeron yn gyfarwydd â'r Harbourmaster, Mr. Puw," atebodd Ms. Phillips mewn ffordd dawel a phroffesiynol i'r cwestiwn annisgwyl.

Yna, aeth Gwilym ati i holi'r pennaeth.

"A beth amdanoch chi, Mr. Beynon, un o ble ry'ch chi'n wreiddiol?"

"O Gefneithin, a 'wy'n dal i fyw 'no."

"Cefneithin, wel, wel – hyfryd iawn. Cwm Gwendraeth, cwm y glo, cynefin Jac a Wil, Barry John a Carwyn. Gwych, gwych iawn. 'I'r eithaf dros yr Eithin' yn defe, Mr. Beynon."

"Ie," atebodd Mr. Beynon, oedd yn ansicr iawn o

gyfeiriad y sgwrs. Roedd Gwilym Puw yn siarad fel 'se fe'n hen bregethwr ar achlysur hapus fel bedydd, neu briodas, nid fel Arolygwr oedd â'r pŵer i ddinistrio gyrfa. Roedd Maldwyn Morris wedi blino ar lap wast ei fòs.

"Gallwn ni ddechrau ar yr agenda, Mr. Puw? Ma amser yn bwrw mlaen."

"Wrth gwrs, Mr. Morris, fy nirprwy ffyddlon; un o'r Hendy yw Mr. Morris, chi'n gweld. 'I'r eithaf dros yr Eithin.' Gwych iawn, wir."

"Felly, gyfeillion," dechreuodd Morris, "fe fydd y tîm arolygu yn defnyddio'r llyfrgell fel 'base camp' os liciwch chi, a heddiw fe fydd disgwyl i chi ddod â sampl o lyfrau disgyblion blynyddoedd 7, 8 a 9 draw i ni gael craffu drwy enghreifftiau o waith y plant. Yfory, byddwn yn gwneud yr un peth gyda gwaith disgyblion blynyddoedd 10 ac 11 ac fe fyddwn hefyd yn dechrau ymweld â gwersi. Ar ddydd Iau byddwn yn dechrau llywio ein casgliadau agoriadol am yr ysgol ac yn eu rhannu nhw gyda chithe, Mr. Beynon yn y prynhawn. Bydd yr arolwg ar ben erbyn dydd Gwener, os byddwn wedi gorffen gweld pob dim a phawb sydd angen ei weld arnom. Byddwch yn derbyn adroddiad ysgrifenedig llawn Gorestyn ar Ysgol Bro Copor ymhen pythefnos."

"Peidiwch bod yn ofnus. 'Sdim un ohonon ni'n cnoi," torrodd Gwilym i mewn yn annisgwyl. Doedd e erioed wedi gwneud na dweud hyn o'r blaen. Roedd Morris yn amlwg yn grac ei fod yn tarfu arno.

"Ga i orffen, Mr. Puw?"

"Wrth gwrs, Mr. Morris. Diddorol a difyr fel arfer."

"Ni fydd rhybudd yn cael ei roi i'r gwersi a fydd yn derbyn ymweliad. Fel wedes i, fe fyddwch yn derbyn adroddiad trylwyr a dyfarniad terfynol Gorestyn ar ffurf adroddiad ysgrifenedig. Fe fydd croeso i chi fynegi barn am ddarganfyddiadau'r adroddiad, ond rhaid i fi ddatgan i chi nawr na fydd Gorestyn yn newid y dyfarniad terfynol."

Newidiodd y geiriau hyn awyrgylch yr ystafell, ac ymddangosodd gwrid ar wynebau'r pennaeth a'r dirprwy. Ond doedd Mr. Morris ddim wedi gorffen.

"Fe fyddwn yn cyfweld â disgyblion a staff yn ystod yr wythnos, ac fe fydd disgwyl i chi, Ms. Phillips, fod ar gael i ateb unrhyw gwestiwn ar unrhyw adeg – drwy gydol yr wythnos."

"*Whoopee*, Ms. Phillips. Rhywbeth i chi edrych mlaen ato. Rhedeg rownd i ofalu am grŵp o arolygwyr am wythnos gyfan. Rhaid dweud eich bod chi wedi cyflwyno hyn oll yn dda y bore 'ma, Mr. Morris."

Hwn oedd yr eildro i Gwilym ychwanegu ei bwt.

Edrychodd Morris yn syn ar Gwilym Puw. Edrychiad oedd yn gymysgedd o sioc a phenbleth. Ychwanegodd Gwilym,

"Iawn, gwych iawn, bawb. 'Sa i'n gwybod amdanoch chi, ond bydde coffi bach yn grêt nawr. Edrych ymlaen yn fawr at weld llyfrau plant bach gwaelod y cwm."

"Ni wedi trefnu bod te a choffi ar gael i chi yn y llyfrgell drwy'r wythnos," meddai Ms. Phillips mewn ffordd dawel a phroffesiynol.

"Iawn, diolch, gwych iawn. Felly, fe wna i ddod â'r

cyfarfod i ben. Hei lwc i chi'ch dau ac 'i'r eithaf dros yr Eithin', Mr. Beynon!"

Bu gweddill y bore yn lladdfa i Gwilym. Ugain llyfr Blwyddyn 9 i bori drwyddyn nhw, ac yna ugain o lyfrau Blwyddyn 8. Roedd y tîm wedi campio yn y llyfrgell: Gwilym, Maldwyn Morris y dirprwy a'r mathemategydd, a hefyd, Ms. Evans – gwyddonydd o fri a phencampwraig y byd ar ddefnyddio beiro goch.

Ystafell agored oedd y llyfrgell, gyda gwydr trwchus ar un ochr, fel y gallai pawb yn y coridor bipo i mewn. Daeth yn amlwg fod y disgyblion wedi derbyn pregeth i beidio â gwneud sŵn yn y coridor, ac roedd yna lawer o athrawon ar ddyletswydd i sicrhau tawelwch yn ystod yr egwyl. Eto i gyd, byddai ambell ddisgybl yn pipo i mewn drwy'r ffenest fel petaen nhw'n pipo i mewn ar fwncïod mewn sw. Cerddai pob athro heibio gan blygu eu pennau, er mwyn gwneud yn amlwg nad oedden nhw'n edrych i mewn.

Aeth awr heibio yn y llyfrgell a doedd neb wedi gweud gair. Gwnâi'r ddau arolygwr arall nodiadau ffwl-pelt, ond yr unig beth a gyflawnodd Gwilym, mewn dwy awr, oedd gwneud llun o sgwter mewn pensil. Roedd Gwilym yn ffili dioddef y tawelwch funud yn rhagor.

"Wel, mae'r plant yn ymddwyn yn wych yn y coridor tu fas yr ystafell 'ma, bobl. Ma' nhw bownd o fod wedi derbyn pregeth gan y prif, 'weden i."

Cododd y ddau arall eu pennau o'u llyfrau, ond ddywedodd yr un o'r ddau air. Sylweddolodd Gwilym nad oedd yn adnabod Ms. Evans o gwbl. Roedd yn gwybod ei bod yn wyddonydd ac wedi cael gyrfa ddisglair fel pennaeth cyfadran am sawl blwyddyn, ond wyddai e ddim byd amdani fel person.

"Un o ble ry'ch chi te, Ms. Evans?"

Roedd y cwestiwn yn annisgwyl, a dweud y gwir. Bron â bod yn amhriodol. Cododd y ddau eu pennau o'u llyfrau unwaith eto. Roedd yna dawelwch lletchwith cyn i Ms. Evans ateb.

"Aberteifi."

Roedd ymateb Gwilym i'r gair Aberteifi fel person a oedd newydd ennill gwobr mewn raffl.

"Aberteifi, Aberteifi! O, hyfryd. Ardal enedigol Dic Jones, Ceri Wyn Jones, Meirion Jones a Richard Jones, Ail Symudiad. Tref hynafol y castell, aber Afon Teifi'n hyfryd yno, y traethau a'r dafodiaith yn un mor bert. Wês, wês, on dife, Ms. Evans."

Edrychai Ms. Evans yn anghyfforddus iawn. Oedodd eto cyn ateb.

"Ie, dyna fe, Mr. Puw."

Aeth y tri ymlaen â'u gwaith. Ceisiodd Gwilym godi sgwrs arall,

"A beth amdanot ti, Mr. Morris. Shwd ma bywyd yn dy drin di? Shwd ma bywyd yn yr Hendy? Fi'n cofio jôc Max Boyce… *'God practised on the Hendy and then he made The Bont.'* Odych chi'n cofio'r jôc 'na Mr. Morris?"

"Na. Cyn fy amser i," atebodd Maldwyn Morris yn swrth.

Roedd ymgais Gwilym i gychwyn sgwrs gyda'r ddau yma'n dalcen caled, fel gig i ddigrifwr mewn mynwent.

Edrychodd ar ei wats. Dim ond tair munud tan amser egwyl, diolch byth. Doedd dim pwynt agor llyfr newydd nawr. Ceisiodd ddechrau sgwrs am y trydydd tro.

"Wel, mae'n rhaid i fi ddweud bod y llyfrau 'ma'n wych. Edrychwch ar hwn. Y disgybl yn gorffen y gwaith mewn inc glas, sylwadau cadarnhaol gan yr athro mewn inc coch, y disgybl wedi nodi eu bod nhw'n deall y sylwadau mewn inc porffor, y disgybl yn ailddrafftio'r gwaith mewn inc gwyrdd ac yna'r athro yn ail farcio'r gwaith gyda mwy o sylwadau cadarnhaol i orffen mewn coch. Campwaith o werthuso ac ailddrafftio lliwgar."

Cododd Maldwyn Morris ei ben o'i lyfr Blwyddyn 9 gan synhwyro'r tinc o wawd yn llais ei fòs.

"Odych chi'n cwestiynu'r dull yma o asesu, Mr. Puw?"

"Nac ydw, Mr. Morris."

Yna newidiodd ei feddwl.

"Wel, falle, o ystyried ymhellach, Mr. Morris."

Methai Maldwyn yn lân â deall agwedd newydd ei fòs. Oddi wrth Gwilym roedd Maldwyn wedi dysgu popeth am arolygu – Gwilym, y dyn oedd yn uchel iawn ei barch yng nghylchoedd Gorestyn. Roedd Maldwyn wedi llyncu'r llyfr canllawiau ac yn ei ddilyn i'r lythyren, gan ymateb i bob gair. Roedd wedi ystyried bod Gwilym ac yntau, wastad o'r un farn, y ddau ar yr un dudalen, y ddau'n canu'r un emyn ac yn addoli'r un duw. Gorestyn, eglwys yr arolygwyr.

"Ond ma pawb yn gytûn mai hon yw'r ffordd i sicrhau cynnydd gan y disgybl, Mr. Puw. Ni'n chwilio am y disgybl sy'n deall sylwadau adeiladol ond heriol yr athro, ac yna'n mynd ati i wella'i waith."

Roedd Gwilym yn hapus bod Maldwyn wedi cydio yn yr abwyd.

"Cytuno, Mr. Morris, heblaw am un peth bach – un diffyg bach ni heb ei ystyried; un eliffant mawr yn yr ystafell, un ffaith sydd yn gwneud yr holl beth yn ffolineb."

"Plis gwedwch, Mr. Puw. Ni ar bigau'r drain i ddarganfod beth sydd o'i le ar yr arddull newydd yma o asesu."

Tro Maldwyn Morris oedd hi i swnio'n sarcastig nawr.

"Wel, fel hyn y mae hi, Mr. Morris. Pan fyddi di'n gwneud ychydig o waith DIY yn y tŷ – wedwn ni peintio ystafell. Ar ôl gorffen peintio un wal, wyt ti'n ysgrifennu paragraff yn hunanwerthuso'r jobyn – gan nodi cryfderau a gwendidau y peintio – ac yna'n mynd ati i beintio yr un wal am yr eildro, yn gwmws fel y gwnest ti'r tro cynt, gan gofio am wendidau'r ymgais gyntaf? Neu wyt ti'n symud 'mlaen at y wal nesaf, llechen lân, gan wybod bod yna bedair wal i'w peintio, a dim ond un prynhawn i orffen yr ystafell gyfan?"

Roedd Ms. Evans yn gwrando'n astud ar y sgwrs nawr ac yn synhwyro'r tensiwn amlwg rhwng y ddau arolygwr. Nid cwestiynu systemau Gorestyn oedd rôl yr arolygwr. Parhaodd Gwilym â'i ymosodiad.

"Wel, Mr. Morris, beth yw'r ateb? Peintio'r un wal eto, neu symud ymlaen at y wal nesaf?"

Meddyliodd Maldwyn Morris yn ddwys cyn cynnig ateb. Roedd yn gwybod bod gan Gwilym Puw feddwl miniog, a byddai'n bychanu ffyliaid yn ddidrugaredd.

"Mynd ymlaen at y wal nesaf," atebodd Maldwyn Morris o'r diwedd.

"A fi, Mr. Morris, achos dyna sut mae bywyd go iawn yn gweithio on dife? Ni'n symud ymlaen, ond pam? Pam mae'n bwysig i ni symud ymlaen?" holodd Gwilym yn nawddoglyd.

Roedd Maldwyn Morris yn gwybod yr ateb, ond nid oedd am gael ei fychanu. Atebodd Gwilym drosto.

"Am fod amser yn brin, Mr. Morris. Un prynhawn i orffen peintio'r ystafell ac ynddi bedair wal. Pum tymor byr sydd i orffen manyleb TGAU hefyd. Mae'r ailddrafftio di-ben-draw yn golygu na fydd y gwaith yn cael ei orffen mewn pryd. Beth sydd gyda ni fan hyn yw darnau o waith sydd wedi cymryd wythnosau i'w paratoi ar ein cyfer ni, ac o ganlyniad bydd yna ddarnau mawr o waith yn cael eu rhuthro ar ddiwedd y flwyddyn, neu eu gadael mas yn llwyr. Tair wal wedi eu peintio'n berffaith, Mr. Morris, ac un wal heb ei pheintio o gwbl."

Canodd cloch amser egwyl, er mawr ryddhad i Morris, Evans a Puw. Cerddodd dau ddisgybl Blwyddyn 10 i mewn i'r ystafell ar ganiad y gloch. Roedden nhw wedi bod yn aros y tu fas yn disgwyl i'r gloch ganu.

Camodd y disgyblion i mewn drwy'r drws yn betrusgar.

"Bore da. Enw fi yw Jason," medde'r crwt.

"Enw fi yw Cathryn," medde'r ferch. "Rydym yn dilyn cwrs arlwyo ac yma i baratoi te neu goffi a bisgedi i chi," meddai'r ddau gyda'i gilydd.

Roedd y ddau wedi paratoi'n ofalus ac yn cydadrodd fel parti llefaru mewn eisteddfod gylch.

"Gwych iawn."

Neidiodd Maldwyn Morris mas o'i sedd yn falch o'r cyfle i gael hoe, yn dilyn sylwadau rhyfedd ei fòs.

"Fi'n credu af fi mas am wâc fach," ebe Gwilym, "ma ishe bach o awyr iach arna i."

Amser Egwyl

Roedd egwyl ar iard Ysgol Bro Copor yr un peth ag egwyl ar iard pob ysgol gyfun arall yng Nghymru. Bechgyn yn ware pêl-droed neu rygbi, gydag o leiaf pedair gêm hollol drefnus yn digwydd ar iard oedd ond â digon o le i un gêm. Roedd yn syndod sut roedd y bechgyn yn gallu gwasgu at ei gilydd ddau hanner o bêl-droed, neu rygbi a chiwio am frechdan cig moch – y cyfan mewn chwarter awr.

Roedd rhain yn fechgyn oedd yn methu'n lân â threfnu pa lyfrau i'w pacio yn eu bagiau ysgol, ond roedd y sgiliau trefnu'n wych pan fyddai rhywbeth o ddiddordeb iddyn nhw. Sylwodd Gwilym nad oedd bechgyn yn eu harddegau byth yn pasio'r bêl; yn hytrach, roedd un crwt medrus yn driblo heibio pawb gyda phob crwt arall yn ei ddilyn. Roedd y bechgyn yn symud fel drudwy yn hedfan i'r un cyfeiriad nes bod un yn penderfynu newid cyfeiriad, ac yna pawb yn ei ddilyn. Roedd yna gemau pêl-droed merched yn digwydd ar yr iard yma hefyd, ond roedd y merched yn pasio'n well ac yn ceisio darganfod lle.

Sylwodd fod merched eraill yn sefyll mewn grwpiau o amgylch yr iard; rhai yn bwyta brechdanau, neu'n yfed o boteli dŵr, gyda phob sgwrs yn Saesneg ac fel arfer yn ailadrodd digwyddiadau ar y rhwydweithiau cymdeithasol y noson gynt:

"She said to me, then I said to her, then she called me a liar and I called her a bitch, and then she goes and tells everybody," oedd trefn llawer sgwrs.

Doedd Gwilym ddim wir yn disgwyl clywed Cymraeg, ond roedd y ffaith fod pob sgwrs yn Saesneg yn dal yn peri tristwch iddo. Cerddodd o amgylch yr iard ddwywaith cyn penderfynu mynd i ffeindio ystafell yr athrawon. Roedd yn ymwybodol na fyddai arolygwyr byth yn mynd i mewn i ystafell yr athrawon, er nad oedd yna gyngor pendant i'w hosgoi. Ond, am ryw reswm, roedd am fynd yno.

"Esgusodwch fi, ble mae ystafell yr athrawon os gwelwch yn dda?" gofynnodd Gwilym i grŵp o ferched oedd yng nghanol sgwrs am Insta y noson gynt. Chwerthodd y merched i ddechrau, cyn i un ateb.

"Chi'n mynd fan hyn i ddiwedd yr iard, wedyn mewn drwy'r drws mawr glas, wedyn troi i'r chwith ac mae'r *teachers* i gyd mewn f'yna yn cael coffi nhw."

Cymraeg eithaf da, meddyliodd Gwilym; un gair Saesneg a bach o gymysgedd o ran cystrawen, ond hei, dyma'r Gymraeg newydd – ac roedd Gwilym wedi dysgu bod gwneud sylw ar safon iaith lafar yn beth peryglus y dyddiau yma. Er mawr syndod iddo, gofynnodd y ferch iddo:

"Ti eisiau fi ddangos i ti ble mae nhw'n cael coffi nhw?"

Chwerthodd rhai o ffrindiau'r ferch.

"Os gwelwch yn dda, byddwn i'n gwerthfawrogi hynny'n fawr iawn."

Trodd y ferch yn hyderus at ei ffrindiau.

"Dewch ymlaen ferched, mlaen â ni i lle coffi yr athrawon."

Cerddodd y grŵp rhyfedd gyda'i gilydd tuag at ystafell yr athrawon. Diolchodd Gwilym i'r grŵp o ferched wrth iddyn nhw gyrraedd y drws.

"Croeso," meddai'r ferch hyderus, a chwerthodd y gang wrth droi a'i baglu hi o 'na.

Aeth Gwilym i mewn gan wybod ei fod yn gam mawr i'r tywyllwch. Roedd ar fin mentro i le na fyddai arolygwr byth yn mynd iddo... Lloches yr athrawon, yr harbwr mewn storom, y goeden helyg i gysgodi rhag yr haul; y gadair esmwyth i atgoffa pawb o adre, a'r fisgïen siocled i leddfu poen y diwrnod. Hwn oedd y lle sanctaidd: Ystafell yr Athrawon.

Synnodd Gwilym cyn lleied o athrawon oedd yn yr ystafell. Pedwar dyn yn eistedd o gwmpas bord mewn un gornel a dau grŵp o bedair menyw o gwmpas bordydd ym mhen arall yr ystafell. Doedd ymateb yr athrawon ddim yn annisgwyl. Gwilym oedd y cowboi yn cerdded i mewn i'r salŵn a phawb yn distewi. Ymddangosodd golwg o sioc ar wynebau'r athrawon. Er mai hwn oedd bore cyntaf yr arolwg, roedd yn amlwg bod pawb eisoes yn gwybod pwy ydoedd. Fe oedd y boi roedd pawb am ei osgoi, ac roedd y *gunslinger* newydd gerdded i mewn i'r bar.

"Bore da," meddai Gwilym yn hamddenol braf wrth y grŵp o ddynion oedd yn eistedd agosaf at y drws. Gan na chafodd ymateb, ychwanegodd, "Oes rhywun yn eistedd fan hyn, bois?"

Unwaith eto, atebodd neb. Eisteddodd Gwilym yn y sedd sbâr oedd wrth ymyl bwrdd y dynion. Edrychodd pawb ar Gwilym, gyda chymysgedd o ofn ac anghrediniaeth. Roedd pawb wedi paratoi'n drwyadl ar gyfer ei ymweliad â'r dosbarth, ond doedd neb yn disgwyl ei ymweliad â'r ystafell sanctaidd, eu lloches – Ystafell yr Athrawon.

Dechreuodd Gwilym deimlo mai camgymeriad mawr oedd ei arbrawf i ymweld â'r ystafell sanctaidd, ond roedd yn rhy hwyr. Ceisiodd godi sgwrs unwaith eto.

"Yffach, mae'n ddiwrnod ffein heddi, bois. Yr haul yn gwenu. Neud i ddyn deimlo'n hapus 'i fod e'n fyw."

Ddaeth dim ymateb oddi wrth yr athrawon i hynny chwaith. Doedd Gwilym ddim yn un i ildio a cheisiodd wedyn,

"Beth ry'ch chi'n meddwl am obeithion y Gweilch yn y gêm fawr wythnos nesa te bois, neu y'ch chi i gyd yn gefnogwyr y Sgarlets?"

Dim ymateb.

"Yffach ma Man City wedi hala arian mawr 'to eleni. Ma nhw'n siŵr o ennill y Prem nawr, weden i."

Dim ymateb.

Daeth sŵn drws yr ystafell yn cael cic ac yn hedfan ar agor. Carlamodd boi bach sgwâr, yn gwisgo tracwisg clwb rygbi Creunant i mewn drwyddo. Roedd ganddo goffi yn un llaw a phecyn o fisgedi Hobnobs yn y llall. Cariai ei hun yn hyderus; hyder sy'n dod yn sgil bod yn chwaraewr rygbi da ac yn athro ymarfer corff mewn ysgol Gymraeg.

"Newydd rhoi blydi trimad i'r clown 'na, Ryan Rees yn Blwyddyn 9 bois. Reit 'de, pwy uffarn yw hwn sy'n istedd yn 'y set i?" medde'r athro bach sgwâr yn uchel ei gloch.

"Mae'n ddrwg 'da fi, down i ddim yn sylweddoli mai eich sedd chi oedd hon. Gwilym Puw yw'r enw. Neis cwrdd â chi."

Estynnodd Gwilym ei law. Rhoddodd y boi bach ei goffi ar y bwrdd, ac ysgwyd llaw Gwilym. Roedd ganddo ddwylo oer a gafael gref. Gafaelodd Gwilym yn ei law a cheisio â pheidio dangos ei boen wrth i esgyrn ei law gael eu gwasgu.

"Shw mae, boi. Paid â becso dim. Ma pawb yn ishte ble ma nhw'n moyn fan hyn. Daf Thomas 'yf fi, athro ymarfer corff. Pwy 'yt ti de?"

Roedd yn rhyddhad mawr i Gwilym nad oedd yr athro yma yn ei adnabod fel arolygwr. Fel nifer o athrawon ymarfer corff, ychydig iawn o ddiddordeb oedd gan Daf Thomas yn nigwyddiadau'r ysgol. Ei fywyd oedd rygbi. Hyfforddi bob dydd a chwarae bob penwythnos i glwb rygbi y Creunant.

"Gwilym 'yf fi. Rwy'n ymweld â'r ysgol yr wythnos 'ma."

"Wel croeso mawr i ti, Gwilym. Byddi di'n hapus iawn i fod 'da'r staff yn fan hyn. Rygbi neu ffwtbôl?"

Synhwyrodd Gwilym mai dim ond un ateb oedd yn mynd i fod yn gywir i ateb y cwestiwn.

"Rygbi, wrth gwrs."

"Gwd boi. Sgarlets neu Ospreys?"

"Y Gweilch, wrth gwrs."

"Iesgyrn, ma hwn yn foi da, bois! Beth sy'n bod arnoch chi i gyd bore 'ma 'te? *Miserable buggers.*"

Arhosodd Daf Thomas am ymateb gan un o'r cwmni, ond roedd pawb yn dal yn hollol ddistaw – y distawrwydd hwnnw a fu yn yr ystafell ers i Gwilym gerdded i mewn. Aeth Daf Thomas yn ei flaen yn hollol anymwybodol o bwy na beth oedd Gwilym.

"So, beth yw dy bwnc di, Gwilym?"

"Ieithydd ydw i."

"Ieithydd! Wotsiwch mas, bois. Rhaid bod yn ofalus 'da'n treigliade wrth siarad â hwn. O's rhywun wedi cyflwyno'r bois i chi? Gareth Tal, Hanes yw hwn. *Massive Turk,* yn anffodus. Arwyn Maths yw hwn, boi da gyda *numbers*. Sion Bach wrth ei ochr, Saesneg, a phencampwr y bois ar yfed, a Gerwyn yw hwn, sy'n dysgu technoleg, neu gwaith coed fel hobi bach, yn 'dife Gerwyn?"

Unwaith eto, atebodd neb. Palodd Thomas ymlaen gyda'r sgwrs ar ben ei hunan.

"Beth yffach sy'n bod ar bawb bore ma 'te? Ma croen 'ych tine chi ar 'ych wynebe chi i gyd, w."

"Ma fe'n gwbod pwy 'yn ni, Daf. Ma fe'n gwbod pwy wyt ti 'fyd," meddai Gerwyn yr athro technoleg.

"Ffordd 'ny te?"

Yn amlwg, roedd y geiniog ychydig yn araf yn cwympo gyda Daf Thomas.

"Mr. Gwilym Puw yw hwn, arweinydd yr arolygwyr sydd 'ma i weld ti'n dysgu wythnos 'ma."

"Iesu Grist o'r North," oedd unig sylw Daf Thomas, ac fe gwympodd y distawrwydd dros yr ystafell unwaith eto.

Mewn cyfnodau lletchwith fel hyn, mae troi at ffôn symudol yn gallu bod yn gymorth. Tynnodd y dynion eu ffonau symudol o'u pocedi. Tynnodd Gwilym ei ffôn symudol yntau hefyd, cyn sylweddoli bod y ddyfais nawr ond yn gallu derbyn ac anfon galwadau. Rhoddodd y ffôn i'w gadw ac eistedd yno yn y tawelwch poenus. Canodd y gloch yn y diwedd i nodi diwedd egwyl er rhyddhad enfawr i bawb. Roedd y staff ar eu traed ar ganiad y gloch, a'r ystafell yn wag wap.

Eisteddodd Gwilym ar ei ben ei hunan yn y tawelwch am ychydig funudau ar ôl i'r gloch ganu. Doedd e ddim ar unrhyw frys i fynd 'nôl i'r llyfrgell i edrych dros fwy o waith y plant.

Symudodd yn y diwedd ac aeth 'nol i'r llyfrgell, ond chafodd e ddim croeso yno chwaith.

Edrychodd Maldwyn ar ei oriawr wrth i Gwilym gerdded i mewn, ond ddywedodd e ddim gair. Doedd dim rhaid iddo. Gwyddai Gwilym ei fod yn hwyr eto ar gyfer y sesiwn nesaf o graffu. Parodd y distawrwydd am hanner awr cyn i Maldwyn Morris siarad.

"Cymryd eich bod chi, Gwilym, wedi bod drwy holl bolisïau'r ysgol gyda chrib fân. Beth oedd eich casgliadau?"

"Gwych! Ardderchog!" atebodd Gwilym â'i dafod yn ei foch. Roedd y ddau yn gwybod yn iawn nad oedd Gwilym wedi bod ar gyfyl y ffeil polisïau.

"Sylwoch chi nad oedd yna sôn am bolisi disgyblaeth, ac yn fwy penodol, nad oedd unrhyw sylw ar Ddisgyblaeth Adferol?" gofynnodd Morris.

"Do, wrth gwrs, 'mod i wedi sylwi ar hwnna. 'Sdim ots, oes e? Nonsens yw hwnna, ta beth."

Cododd Ms. Evans ei phen o'i ffeil mewn syndod llwyr wrth glywed sylw Gwilym.

"Gwilym," meddai Maldwyn, "rhaid i fi anghytuno'n llwyr 'da chi. Ga i eich atgoffa chi mai hwn yw'r dull diweddara – sy'n cael ei gydnabod gan bawb, yn cynnwys Gorestyn – o sicrhau bod disgyblu yn llwyddo. Disgyblu Adferol yw'r ffordd effeithiol o ddisgyblu unrhyw ddisgybl anystywallt. Rhaid i'r disgybl ddeall bod torri rheolau ysgol yn anghywir, ond rhaid i ni hefyd geisio darganfod pam bod y disgybl yn torri'r rheolau. Ma 'na ddwy ochr i bob dadl."

"O, dere Maldwyn. Ti wedi llyncu llyfr Gorestyn a ti ar fin tagu arno fe."

Pesychodd Ms. Evans yn uchel; peswch protest. Roedd geiriau Gwilym yn brofoclyd iawn.

"Plis, eglura dy safbwynt, Gwilym. Rhaid i mi ddweud bod dy agwedd yn rhyfedd iawn."

"Iawn. Dychmyga dy fod ti, Maldwyn, yn clywed sŵn yn y lolfa, ganol nos, ac yn dod o hyd i leidr yn dwgyd llestri gorau dy fam oddi ar y dreser. Beth wyt ti'n mynd i neud? Ffonio'r heddlu, neu gynnig disgled o de a bisgïen iddo fe – a gofyn iddo fe pam ma fe'n dwgyd eiddo person arall, a'i holi, beth sydd wedi achosi iddo fe fod yn lleidr? Odyt ti'n mynd i fod yn becso am les y lleidr?"

"Ma'r ddwy sefyllfa yn gwbl wahanol, Gwilym a mae'n rhaid i fi anghytuno..."

Torrodd Gwilym ar draws ei ddirprwy.

"Ma'r ddwy sefyllfa'n gwmws yr un peth. Ma rhai disgyblion yn ddrwg, achos 'u bod nhw'n cael rhyddid i fod yn ddrwg; dim am unrhyw reswm arall. Ni'n ildio ac yn ildio iddyn nhw ac yn rhoi mwy a mwy o hawliau i ddisgyblion. A diwedd y gân fydd dim disgyblaeth o gwbl. Rhowch chi drefn a disgyblaeth i ddisgyblion a ma pawb yn hapusach."

"Araith bwerus, Gwilym ond..."

Torrodd Gwilym ar draws ei ddirprwy unwaith yn rhagor,

"Maldod *gone mad*, Mr. Morris, yw Disgyblaeth Adferol."

Pesychodd Ms. Evans am y trydydd tro cyn ail-gladdu ei phen mewn ffeil. Gwnaeth Maldwyn Morris yr un peth.

Unwaith eto, cafwyd awyrgylch digon lletchwith yn yr ystafell.

Treuliodd Gwilym weddill y dydd yn edrych ar ffeiliau disgyblion, yn hytrach na'u darllen, gan roi llawer mwy o ymdrech i'r orchwyl o ddarlunio sgwters ar ddarn o bapur. Rhyfeddodd at allu'r ddau arall i eistedd yno am oriau yn pori drwy ffeiliau'r disgyblion. Roedd lefel eu canolbwyntio yn anhygoel. O'r diwedd, canodd y gloch am 3.30. Cododd o'i sedd.

"Yn anffodus gyfeillion, o achos 'mod i'n ddibynnol ar drafnidiaeth gyhoeddus heddiw, fi'n mynd i orfod ych gadael chi. Ces ddiwrnod arbennig yn ych cwmni. Wela i chi bore fory."

Gadawodd Gwilym yr ystafell cyn i Morris gael cyfle i'w gwestiynu. Daliodd y ddau arolygwr arall ati wrth eu gwaith o graffu.

Roedd y siwrne gatre o'r ysgol yn hwylus iawn. Ychydig o'r un sgwrs, er gyda gyrrwr bws gwahanol, yna'r trên 'nôl i Gaerfyrddin – a hwnnw ar amser. Rhyddhad mawr fu gweld bod ei hen feic yn dal yno.

Agorodd Gwilym y drws ffrynt, ond doedd neb gatre. Cofiodd Gwilym fod Cadi Haf bant ar ei gwyliau. Doedd dim syniad ganddo lle gallai Ema fod. Prysur yn ei osgoi fe, siŵr o fod.

Er ei fod yn ffansïo coffi, roedd y peiriant cymhleth yn ormod o her iddo. Eisteddodd Gwilym yn ei gegin wrth y slabs granit du yn yfed glased o ddŵr oer yn syth o'r oergell. Teimlai'r dŵr oer yn anafu ei ddannedd.

Maldwyn Morris

Cyrhaeddodd Maldwyn gatre am hanner awr wedi saith.

"Helo, Mam. Beth sydd i swper? Fi'n starfo."

"O! 'Machgen glân i. Ble ti 'di bod, gwed? Gorffes i dynnu'r pei mas o'r ffwrn achos o'n i'n becso bydde hi'n llosgi. Fi wedi bod yn becso'n ened amdanat ti. Ti'n gwbod bo fi ddim yn lico gadael y swper yn rhy hwyr."

"Mam fach, plis peidiwch â dechre ffysan am amser bwyd 'to, plis. Chi'n gwbod yn net 'mod i'n gorfod gweithio'n hwyr weithie. Fi yng nghanol arolwg, a chi'n gwbod alla i ddim dechre becso am amser swper ar ben popeth arall."

Gwyddai Maldwyn mai ofer fyddai'r protestiadau. Yr un cwestiwn fyddai gan ei fam bob bore, sef, "Pryd fyddi di gatre?" Yr un sgwrs fyddai'n dilyn bob nos, sef, "Ble ti 'di bod?"

"Beth yw e Mam? Beth sy i swper?"

"Wel, pei cig eidion, tato potsh, pys a gweddillion grefi dydd Sul. Af i dwymo fe nawr i ti, cariad."

"Diolch, Mam."

Cofiodd Maldwyn ei faners o'r diwedd. Anghofiai ddiolch i'w fam yn amal, er ei bod yn cwcan bwyd cartre iddo bob nos.

"Shwd a'th pethe yn y gwaith te, cariad?"

"Anodd, Mam. Smo Gwilym Puw yn tynnu 'i bwyse. Ma fe'n hwyr i bopeth dyddie 'ma, ac yn gweud pethe dwl. Fi'n ame nad yw 'i galon e yn y swydd bellach. Roedd rhaid i fi fynd drwy 'i ffeiliau fe i gyd heno, cyn dod gatre, gan nad o'dd e 'di gneud 'i waith. Fi'n 'i gario fe, Mami."

Ymateb digon cadarnhaol oedd gyda'r fam i newyddion Maldwyn. "Wel, galle hwnna fod o fantes i ti, 'machgen i. Os bydd e'n gadel, ti geith y swydd; a ti'n 'i haeddu fe 'fyd. Fi wedi gweld yr holl orie ti'n gwitho yn y swydd."

"Diolch, Mam. A' i i wneud bach o waith te, tra bo chi'n twymo'r bwyd. Fi'n mynd i weithio ar yr adborth i Mr. Beynon y prifathro. 'Wy'n ofni mai 'Boddhaol' yn unig fydd y dyfarniad."

"Shwt ti'n gwybod de, cariad? Dim ond diwrnod ti 'di bod yn yr ysgol."

"Mam fach... y data; y data sy'n penderfynu. Ma arolygwr da yn galler dweud ymhell cyn cyrraedd yr ysgol p'un a yw'r sefydliad yn 'Ardderchog', 'Da', 'Boddhaol', neu 'Anfoddhaol'. Fi wedi astudio'r Cynlluniau Datblygu, yr Hunan Arfarnu, Y Canlyniadau, Yr Asesiadau Mewnol, Yr Ychwanegiad at Werth, Y Cymariaethau Clwstwr, Y Datganiad Amcan a phopeth arall mewn manylder fforensig ers wythnosau. 'Boddhaol' yw hi Mam."

Ddeallodd ei fam ddim gair, ond roedd am swnio'n gefnogol.

"O! 'machgen glân i. Da iawn ti a dy ddata. Fi'n siŵr bo ti'n iawn. Ma nhw'n lwcus o dy ga'l di. Nawr te, faint o'r gloch byddi di'n moyn dy swper nos yfory?"

Ema

A RHOSAI EMA y tu fas i siop Morrisons Caerfyrddin am
y Ficer, neu Graham y Ficer, fel roedd e am gael ei
adnabod. Roedd Graham y Ficer wedi gofyn i Ema rai
wythnosau yn gynt a fyddai'n fodlon mynd i siopa gyda
fe ar gyfer 'Cegin Gynnes', ac fe gytunodd hi'n syth – gan
ei fod yn ddyn mor ffeind a charedig a, rhaid cyfaddef, yn
eithaf golygus. Doedd hi ddim wedi cael cyfle tan nawr, am
fod cymaint o gyfrifoldeb yn cwympo arni – o ganlyniad i
holl weithgareddau amrywiol Cadi. Ond, roedd Cadi bant
yr wythnos yma, felly, pam lai? Dim ond siopa gyda'r Ficer
roedd hi – dim byd o'i le yn hynny. Eto i gyd, doedd hi
ddim wedi sôn gair wrth Gwilym.

Teimlai ychydig yn euog na fyddai neb yn y tŷ i'w
groesawu gatre ar ôl diwrnod o waith caled yn arolygu,
ond roedd y Ficer yn dibynnu arni i wneud y gwaith o
fwydo'r teuluoedd anghenus.

"Helo, Ema. Mae'n ddrwg iawn gyda fi am eich cadw
chi i aros cyhyd," meddai llais dwfn a phwyllog y gŵr
duwiol.

Roedd llais melfedaidd Graham mor hyfryd, meddyliodd
Ema.

"Plis, paid â 'ngalw i'n 'chi', Graham. Ti'n neud i fi
deimlo'n hen."

"Ymddiheuriade, Ema. Ti a tithe fydd pethe o hyn 'mla'n te."

"Wedest di 'na y tro diwetha, Graham."

Chwerthodd y ddau, yn gyfforddus yng nghwmni ei gilydd.

"Ddest ti ddim â Gwilym gyda ti 'te?"

"Naddo, ma fe'n fishi. Ma fe yng nghanol arolwg, ti'n gweld, ac yn gweithio orie hir i fod yn deg."

"Trueni mawr. Hoffen i gwrdd â fe. Ma ishe iddo fe weld y gwaith clodwiw ti'n neud lawr yn festri'r eglwys, bob dydd Gwener. Gwaith da, gwaith Duw yn y goruchaf."

Yn anffodus, byddai Graham yn mynnu cyfeirio at waith 'Duw yn y goruchaf' drwy'r amser. Fydde hynny ddim yn plesio Ema o gwbl.

"Odi, ma fe'n drueni. Ewn ni ati i siopa 'te. Fi'n edrych mla'n at hyn."

"Dyw e ddim mor gyffrous â ti'n meddwl," atebodd Graham. "Cofia mai'r bwyd rhata yn unig byddwn ni'n ei dargedu. *Savers* a *Reduced* yn unig, a dim ond caniau heddiw. Rhaid prynu'r bwydydd y gall ein hymwelwyr ei fwyta'n syth o'r tun, gan fod cost y tanwydd i goginio mor ddrud."

Wrth iddyn nhw gerdded o silff i silff yn yr archfarchnad yn chwilio am fargeinion, sylweddolodd Ema fod Graham yn ddyn hollol ymarferol ac mor garedig.

Dydd Mawrth: 23 / 1 / 15
Wilia

DECHREUODD BORE DYDD Mawrth yn lletchwith unwaith 'to, gydag Ema braidd yn dawel. Doedd Gwilym ddim yn siŵr pam bod Ema yn mynnu codi o'r gwely, yn enwedig o gofio bod Cadi bant. Ceisiodd dynnu sgwrs.

"Golles i ti nithwr. Es i i'r gwely'n gynnar i ddarllen. 'Nes i ddim clywed ti'n dod miwn i'r ystafell wely."

"Na, fe gysges i yn yr ystafell sbâr. Ddim yn moyn dy ddistyrbo di. O't ti'n cysgu'n braf pan ddes i mewn," atebodd Ema.

"Mewn o le te? Noson hwyr?"

Llwyddodd Ema i newid y sgwrs yn gloi ac osgoi ateb ei gwestiwn. Roedd yn benderfynol o gadw Cegin yr Eglwys yn gyfrinach.

"O, ti'n gwybod 'mod i'n cadw'n fishi wrth ymwneud â'r holl gymdeithase Cymraeg 'ma. Llafur cariad on dife. Cymryd bod ti'n seiclo a mynd ar y trên i Abertawe 'to, bore 'ma?"

"Odw, mae'n gweithio'n eithaf da. Mae'n iachus ac yn dda i'r amgylchedd. Fi'n cysgu'n well 'fyd."

"Odyt ti'n cyrraedd mewn pryd?" holodd Ema yn ceisio cynnal y sgwrs, er nad oedd ganddi lawer o ddiddordeb.

"'Nes i ddim ddoe, ond bydda i yno heddi," atebodd Gwilym.

"Byddi, wrth gwrs."

Ffarweliodd y ddau, wrth roi esgus o gusan gyflym ar y foch, a bant â fe i orsaf Caerfyrddin ar ei feic.

Cyrhaeddodd Gwilym mewn da bryd. Dim clebran gyda gyrwyr y bysys, na'r digartref heddiw. Cerddodd i mewn i lyfrgell yr ysgol am hanner awr wedi wyth yn gwmws. Roedd dau aelod arall y tîm wedi cyrraedd eisoes ac yn pori drwy lyfrau Blwyddyn 10.

"Bore da, bawb. Bore hyfryd. Odi pawb yn iawn y bore 'ma?"

"Bore da," meddai Ms. Evans heb godi ei phen.

"Bore da, Gwilym; cymryd bod y car yn iawn erbyn heddi te?" meddai Maldwyn Morris.

"Na, mae e'n dal ar y dreif, Mr. Morris. Heb ga'l cyfle i fynd â fe i'r garej, ond mae'r siwrne ar y beic, y bws a'r trên yn gweithio fel wats. Beth yw'r arlwy bore 'ma te, bobl – unrhyw beth cyffrous sy'n mynd i gael y galon i bwmpo a'r pyls i garlamu?"

Cododd Ms. Evans ei phen o'i llyfrau. Roedd y sylw sarcastig wedi gweithio. Gwthiodd Maldwyn Morris bentwr o ffeiliau i gyfeiriad Gwilym.

"Dyma chi, Gwilym. Ugain o ffeiliau Dyniaethau Blwyddyn 10. Trawstoriad o allu – da, canolig a gwan. Mynd drwy'r rhain erbyn egwyl yw'r bwriad. Pob lwc, a mwynhewch."

Roedd ateb Maldwyn Morris yr un mor sarcastig â sylw ei fòs.

"Iawn! Cyn 'mod i'n dechre ar y gwaith pwysig 'ma, rwy'n mynd i wasanaeth yr ysgol uchaf – sydd yn y ffreutur am naw," meddai Gwilym.

"Ond, does dim rhaid i ni fynychu gwasanaethau bellach, Gwilym. Mae gwaith 'da ni 'neud fan hyn, heddiw. Heddiw ry'n ni'n dechre ar Y Data yn ogystal â chraffu ac arsylwi ar wersi," atebodd Morris.

"Wel, dyna i chi arlwy sy'n gwneud i ddyn lifeirio o hapusrwydd," meddai Gwilym â'i dafod yn ei foch.

A dyna fe: Y Data hollbwysig. Y Greal Sanctaidd. Y Data oedd y peth pwysicaf i Gorestyn. Pori drwy gynlluniau datblygu, systemau tracio cynnydd, cofnodion cyrhaeddiad, ffeiliau disgyblion a dogfennau hunan-arfarnu. Hwn oedd y glo mân; Y Data! Y Dystiolaeth!

Rhaid cyfaddef bod gweithio i Gorestyn yn yrfa dda i berson oedd â'r amynedd i bori drwy domennydd diddiwedd o dystiolaeth a data. Roedd y ddau arall yn arbenigwyr data. Y gallu ganddyn nhw i gloi'u hunain mewn ystafell llawn dop o ffeiliau am dri diwrnod, a dod mas â dyfarniad – a hwnnw wedi ei grynhoi mewn un gair. Dawn anhygoel. Daeth brawddeg hollol annisgwyl o geg Gwilym.

"Fi wedi danto ar y Data!"

Chwerthodd wrth iddo sylweddoli fod y frawddeg bron yn rhyw fath o gynghanedd.

"Beth?" holodd y ddau arall gyda'i gilydd.

"Ie, 'na beth wedes i. Danto ar Y Data. Ar ôl ugain mlynedd o ddata fi wedi sylweddoli bod hon yn ffordd anghywir o benderfynu ar safonau ysgol."

Morris oedd y cyntaf i siarad. Roedd yn swnio'n grac wrth ymateb i sylwadau dirmygus Gwilym.

"Methu credu eich bod chi newydd ddweud hynny, Gwilym. Ein swyddogaeth ni yn Gorestyn yw mynnu'r safonau uchaf. Herio'r addysgwyr, codi safonau, sicrhau cyrhaeddiad; a'r Data yw'r dystiolaeth – yr allwedd sydd yn agor y drws – fel y medrwn roi dyfarniad, ac sydd yn gadael i ni gynnig meysydd lle y gall ysgolion wella."

Roedd yna angerdd yn llais Morris, gan ei fod yn amlwg yn mwynhau ei waith. Edrychodd ei gydymaith arno'n llawn edmygedd wrth wrando ar ei eiriau'n llifo, fel paragraff mas o Feibl Gorestyn.

"Nonsens," atebodd Gwilym. "Gwed wrtha i, Maldwyn, sawl gwahanol ffordd sydd rhaid pwyso mochyn, cyn dy fod ti'n gw'bod beth yw 'i bwyse fe?"

Ni ddaeth ateb ganddo, felly ychwanegodd Gwilym, "Unwaith. Unwaith yw'r ateb synhwyrol, ond ni wedi meddwl am o leiaf deg gwahanol ffordd o bwyso'r mochyn yn Gorestyn, yn hytrach na chanolbwyntio ar fwydo'r mochyn. Ni'n defnyddio data fel pastwn i golbo athrawon yn ddidrugaredd. Odych chi wir yn meddwl fod pori drwy domennydd o ffeiliau data yr ysgol yn gwneud unrhyw ddaioni i safonau'r ysgol? Craffu ar ddata yn ddiddiwedd i ffeindio beiau ry'n ni, gyfeillion, a fi wedi danto ar Y Data. Reit, rant drosodd; fi'n mynd i'r gwasanaeth."

Cododd Gwilym a rhoi clec i'r drws, clec mor galed nes i'r arwydd *'Cyfarfod Pwysig: Gorestyn Gorwelion Dysgu ac Addysgu'* oedd ar y drws gwympo. Meddyliodd Gwilym fod hynny yn eithaf arwyddocaol. Neges o'r goruchaf, efallai, a gadawodd yr arwydd ar y llawr.

Cerddodd hyd goridorau tawel yr ysgol, gyda'r disgyblion i gyd naill ai yn y gwasanaeth yn y ffreutur, neu mewn ystafell ddosbarth.

Aeth i mewn i'r gwasanaeth, oedd eisoes wedi dechrau, i glywed y plant yn canu emyn y bore. Roedd yr athrawes gerdd yn clatsio'r piano yn ddidrugaredd ac yn canu fflat-owt.

Er mawr syndod iddo, roedd y mwyafrif o'r disgyblion yn gwneud ymdrech weddol dda i ganu'r emyn. Clywai leisiau'r athrawes gerdd a'r prifathro yn bloeddio dros bawb – nhw oedd yn arwain y dorf yn amlwg. Er nad oedd y canu'n swynol iawn, roedd yna ddigon o sŵn.

Hyd ymyl y ffreutur roedd yr athrawon yn sefyll, pob un ar ben rhes o blant, sef eu dosbarthiadau cofrestru.

Rhaid cyfaddef bod tôn yr emyn modern yn gymhleth, a ddim yn dôn hawdd i'w chofio. Swniai yn fwy fel prosiect disgybl lefel A oedd wedi trial yn galed i hwpo bob tric cerddorol at ei gilydd, a'u gwasgu i gyd i dri phennill o emyn. Meddyliodd Gwilym am brawf cerddorol yr hen 'Tin Pan Alley', sef yr 'Old Grey Whistle Test'... Y chwedl oedd, os na fedrech chi chwibanu'r dôn ar ôl tri gwrandawiad, doedd hi ddim yn werth cynnwys y gân yn y sioe. Fyddai clust orau'r sir ddim yn gallu cofio tôn yr emyn hwn.

Wedi i'r emyn hirfaith orffen, dechreuodd y pennaeth ar ei gyhoeddiadau boreol. Roedd yn amlwg fod ganddo barch y gynulleidfa am fod pob copa walltog yn y neuadd yn llonydd ac yn talu sylw. Cerddodd yn araf at ganol y llwyfan. Roedd ei sgidiau yn rhai drud o ledr, â gwadnau caled a oedd yn atseinio wrth iddo droedio'r llwyfan pren.

"Bore da, gyfeillion."

Yna oedodd am fod un disgybl Blwyddyn 11 yn sibrwd rhywbeth wrth ei ffrind.

"Wyt ti, Mason Evans Blwyddyn Un ar Ddeg, yn fodlon i fi fynd ati i wneud y cyhoeddiadau?"

Cochodd Mason Evans, wrth sylweddoli mai fe oedd achos y saib. Dechreuodd y pennaeth eto.

"Siom fawr oedd darganfod, ddoe, bod nifer fach ohonoch chi'n dal yn ysmygu y tu ôl i'r cabanau ar waelod cae rhif dau. Chi sydd i benderfynu a ydych chi am ddioddef clefyd marwol yn y dyfodol a bod yn faich ar y gwasanaeth iechyd, ond chewch chi ddim ysmygu yn fy ysgol i."

Roedd ganddo ffordd dda o siarad, yn bwyllog ac yn ddealladwy, heb orfod gweiddi. Cododd ei lais ychydig, wedyn, wrth ychwanegu, "Odi hwnna'n glir i chi, fechgyn Blwyddyn Un ar Ddeg ac un ferch o Flwyddyn Deg?"

Edrychodd Gwilym o'i gwmpas. Roedd grŵp bach o fechgyn Blwyddyn 11 â golwg bryderus iawn ar eu hwynebau.

"Bydda i'n eich henwi chi y tro nesaf."

Roedd Gwilym yn meddwl bod gan y pennaeth y ddawn i amrywio lefel a thraw y llais yn effeithiol iawn. Byddai actorion enwog wedi bod yn falch petai ganddyn nhw'r fath reolaeth dros y llais. Yn amlwg, roedd wedi llwyddo i sefydlu parch a disgyblaeth ymhlith y pedwar cant o ddisgyblion, gyda rhai ohonyn nhw o gefndiroedd lle nad oedd parch na disgyblaeth yn bodoli. Tipyn o gamp.

"A nawr, gyfeillion, at gyhoeddiadau dipyn yn fwy calonogol. Dyma restr o'r buddugoliaethau yn Eisteddfod Genedlaethol yr Urdd eleni: Elliw Medi, cyntaf yn y llefaru unigol dan bymtheg; Parti Bechgyn Blwyddyn Deg yn drydydd; Goronwy Bevan, cyntaf ar yr unawd canu dan bymtheg; a Jasmin Jenkins yn ail yn y ddawns disgo unigol. Rhowch gymeradwyaeth iddyn nhw i gyd."

Ffrwydrodd y neuadd yn sŵn clapio brwdfrydig, gyda neb yn clapio'n fwy brwdfrydig na'r pennaeth. Roedd yr athrawes gerdd wrth y piano yn gwenu yn fodlon ei byd. Cododd y pennaeth ei law chwith yn araf. Ymdawelodd pawb.

"Mae pob llwyddiant i'w ddathlu yn Ysgol Bro Copor, ac 'wy'n sefyll o'ch blaen fel pennaeth hapus a balch iawn y bore 'ma. Mae'n bleser gen i ddweud bod Bethan Davies, Blwyddyn Deg, wedi ennill ei chap cyntaf i dîm Rygbi Merched Cymru dan un ar bymtheg. Dere lan fan hyn, Bethan."

Ffrwydrodd yr ystafell unwaith eto. Y tro yma, dechreuodd rhai o ffrindiau'r ferch weiddi cymeradwyaeth. Edrychodd Gwilym o gwmpas y ffreutur. Roedd Daf Thomas, yr athro ymarfer corff â'i frest mas a'i ysgwydde 'nôl, yn gwmws fel 'tae fe oedd wedi ennill y cap. Yn wir, roedd yr olwg ar wynebau'r staff i gyd yn dangos eu balchder wrth i'r clapio barhau yn ddi-baid. Teimlai Gwilym ei hun rhyw gynhesrwydd a gorfoledd o glywed am ei champ. Roedd yn foment drawiadol. Cododd y pennaeth ei law unwaith eto ac fe dawelodd y clapio. Roedd ei fraich fel *remote control* teledu.

"Cyn ein bod ni'n gadael y gwasanaeth, jest un neges gyflym i'ch atgoffa chi fod arolygwyr Gorestyn yn dal gyda ni, ac fe fyddan nhw yma tan ddydd Iau; felly, ewch yn dawel bach o amgylch y llyfrgell, gyfeillion. Fydd hyn ddim yn para am byth."

Newidiodd yr awyrgylch yn y neuadd yn syth. Doedd Gwilym ddim yn siŵr a oedd y pennaeth wedi sylwi arno fe yn cerdded i mewn i'r ffreutur ai peidio. Edrychodd nifer o'r staff i'w gyfeiriad, rhai yn pipo'n anghyfforddus, rhai yn ddifater, ond neb yn gwenu. Sylwodd Gwilym fod Daf Thomas yn edrych arno fel petai'n dwyllwr, neu hyd yn oed yn fradwr. Newidiodd y teimlad twymgalon o deulu ac o berthyn i fod yn deimlad digon oeraidd ac anesmwyth. Ddylai e byth fod wedi mentro i mewn i'r gwasanaeth, nac i ystafell yr athrawon. Cerddodd mas o'r ffreutur â'i ben yn ei blu. Daeth geiriau cân adnabyddus Y Trwynau Coch i'r meddwl: 'Wastad ar y tu fas'.

Aeth 'nôl i'r llyfrgell yn isel ei ysbryd. Roedd y croeso 'nôl yno i Gwilym yn debyg i'r croeso a geid i gefnogwyr yr ymwelwyr yn y '*Den*', sef cartref tîm pêl-droed Millwall, ar nos Fawrth wlyb ym mis Tachwedd. Dim cysgod, dim brechdan, dim disgled dwym a phawb am dy waed.

Roedd y ddwyawr nesaf yn artaith pur i Gwilym, yn union fel y diwrnod cynt – 'nôl yn y llyfrgell gyda'r *crazy gang*. Dwyawr o ddata, neu ddwyawr o graffu ar lyfrau oedd dewis Morris iddo. Dewis dieflig. Dim un dewis da o gwbl. Dewisodd Gwilym y craffu, er mai prin fu'r craffu.

Roedd Gwilym eisoes wedi datgan ei farn wrth Morris am yr ailddrafftio a'r ail-farcio diddiwedd, ond doedd dim byd yn mynd i newid.

Y drefn erbyn hyn oedd bod y disgybl yn gwneud darn o waith – traethawd, er enghraifft – yna, ar ôl marcio'r gwaith (gan ddefnyddio beiro goch), byddai'r athro yn ysgrifennu paragraff – ar waelod y darn – oedd yn disgrifio dau beth oedd yn dda am y darn a dau beth y gellid eu gwella. Roedd y meysydd i'w gwella yn gorfod bod yn heriol ac yn annog y disgybl i ddangos cynnydd. Ar ôl hyn, byddai'r disgybl yn ysgrifennu mewn gwyrdd i nodi ei fod wedi deall yr awgrymiadau, ac weithiau byddai'n gorfod ailddrafftio'r traethawd cyfan.

Yna, byddai'r athro yn marcio'r gwaith am yr eildro, gan nodi a oedd y disgybl wedi dangos cynnydd neu beidio. Roedd yr holl system yn wych heblaw am ddau wall amlwg. Yn gyntaf, doedd Duw ddim wedi creu rhagor o oriau mewn diwrnod i'r athro ac, yn anffodus, byddai'n rhaid gorffen y fanyleb cyn tymor y Pasg. Yn ail, doedd Duw ddim wedi creu rhagor o oriau i'r disgybl chwaith; ac roedd yn rhaid iddyn nhwythau sicrhau amser i gysgu, bwyta a dilyn wyth pwnc TGAU arall.

Roedd athrawon call wedi deall hyn ac yn cadw stoc o feiros gwyrdd yn y stordy. Bydden nhw'n neilltuo chwarter awr ar ddiwedd gwers i awgrymu beth y gellid ei gynnwys yn y paragraff 'Hunanwerthuso' neu'r 'Paragraff

Gwyrdd' fel roedd pawb yn ei alw. Roedd yna dair neu bedair enghraifft o baragraff gwyrdd y byddai pob athro call yn ei ddefnyddio er mwyn sicrhau amrywiaeth. Roedd y system hon yn siwtio pawb, gan y câi athrawon amser i fwrw mlaen gyda'r fanyleb, a châi'r disgyblion amser i fwyta a chysgu. Byddai'r arolygwyr yn hapus i weld fod yna dystiolaeth.

1) Asesu cadarnhaol.
2) Gosod her.
3) Cynnydd yn digwydd.
4) Y disgybl yn deall sut i wella drwy werthuso ac ymateb i sylwadau cadarnhaol ond heriol yr athro.

Erbyn hyn roedd yr athrawon i gyd yn deall y gêm ac yn sicrhau bod y ffeiliau yn dangos beth roedd Gorestyn am ei weld. Gorestyn yn ticio bocsys, athrawon yn ticio bocsys a'r disgyblion yn ticio bocsys. Pawb â'i focs wedi'i dicio; pawb yn hapus, er nad oedd unrhyw un wedi dysgu'r un gronyn o wybodaeth newydd. Roedd y broses o drosglwyddo gwybodaeth o'r athro i'r disgybl yn ddibwys nawr.

Agorodd Gwilym Puw lyfr Cymraeg disgybl o'r enw Emyr Morgan, Blwyddyn 10, Crymlyn. Roedd y llyfr yn llawn marciau coch. Enw'r athrawes oedd Miss Jones, un a oedd yn amlwg wedi dwli ar y feiro goch, gan fod yr inc coch wedi bod yn llifo fel afon. Ceisiodd Gwilym ddarllen darn o'r gwaith gwreiddiol oedd yn cuddio o dan yr haen sgarlad. Yn amlwg, roedd Emyr Morgan wedi copïo'r dasg mas yn gyntaf: 'Cyfansoddwch dri pharagraff yn disgrifio hen berson yn eich teulu'. Dilynwyd hyn gan y teitl 'Fy

Nhad-cu yn wilia am y Vetch.' Craffodd Gwilym yn llawn diddordeb wrth ddarllen y darn hwn. Daliodd dau beth ei sylw yn syth – roedd y disgybl wedi treiglo 'Tad-cu' ac wedi defnyddio'r gair tafodieithol sef 'wilia' yn lle 'siarad'. Gwych, meddyliodd, cyn cael ei siomi o weld bod Miss Phillips wedi tanlinellu'r gair 'wilia' ac wedi rhoi marc cwestiwn mawr coch wrth ei ymyl.

Trawodd y frawddeg nesaf ef yn ei dalcen, gan hawlio sylw Gwilym: 'Roedd fy nhad-cu yn gweud ei fod "fel lleuen mewn crachen" pan oedd yn grwt cyn mynd i weld y Swans.'

'Lleuen mewn crachen'. Beth yw arwyddocâd y fath ddywediad, meddyliodd. Roedd darganfod hen ddywediad Cymraeg coll, i Gwilym, yn gyfystyr ag archeolegydd yn darganfod darn o arian Rhufeinig wrth gloddio. Anhygoel. Byddai'n rhaid i Gwilym siarad gyda'r crwt yn syth bin.

"Esgusodwch fi bawb, tŷ bach yn galw."

Edrychodd neb arno, gan eu bod yn pori drwy'r llyfrau yn drwyadl ac yn broffesiynol. Aeth mas o'r llyfrgell a mynd i swyddfa weinyddol yr ysgol.

Roni Hicks

C NOCIODD AR DDRWS y swyddfa weinyddol.
"Dewch mewn," atebodd y llais.

Mewn â fe, a gweld menyw ganol oed joli yn eistedd y tu ôl i ddau gyfrifiadur. Aeth yn wyn fel y galchen wrth weld Gwilym yn cerdded i mewn.

"Shw mae heddi? Gwilym Puw ydw i ac rwy'n gofyn am gymwynas, os gwelwch yn dda."

"Wrth gwrs, Mr. Puw. Sut galla i eich helpu?"

"Fi'n chwilio am grwt o'r enw Emyr Morgan, sydd yn Nosbarth Naw, Crymlyn. Fyddech chi'n gallu edrych ar yr amserlen i weld pa wers sydd 'da fe nawr, plis?"

Roedd yr ysgrifenyddes yn feistr corn ar y cyfrifiadur, ac o fewn pum eiliad o dap-tapio bysellfwrdd y cyfrifiadur, daeth yr ateb. Roedd hon yn gloiach na Google, meddyliodd Gwilym.

"Ma' gan Naw Crymlyn wers Gwyddoniaeth nawr, gyda Mr. Roni Hicks."

"Diolch yn fawr am eich help. O ran diddordeb, pa ardal ma'r crwt 'ma'n byw?"

"Mae'n ddrwg iawn gen i, Mr. Puw, ond does dim hawl gyda ni roi cyfeiriadau ein disgyblion i unrhyw un, o achos y Ddeddf Gwarchod Data," atebodd yr ysgrifenyddes yn hynod o effeithiol.

"Wrth gwrs, y Ddeddf Gwarchod Data sy'n ein hamddiffyn ni i gyd. Diolch eto am eich help."

Ffeindiodd Gwilym yr ystafell o fewn dim. Roedd drws dosbarth Roni Hicks yn frith o luniau cymeriadau Dr Who a hen luniau *Tour de France*. Hwn oedd yr unig ddrws ar goridor yr Adran Wyddoniaeth a oedd wedi ei addurno. Cnociodd Gwilym ar y drws a cherdded i mewn. Roedd yr ystafell ddosbarth yn fwrlwm o sŵn a gweithgaredd, fel ffair Rattles Treorci, gyda disgyblion o gwmpas bordydd uchel yn cydweithio. Roedd pob modfedd o'r welydd yn bapur wal yn dangos lluniau disgyblion wrth eu gwaith, ynghyd â mwy o luniau Dr Who a *Tour de France*. Yng nghornel yr ystafell, roedd yna roced saith troedfedd o daldra wedi ei gwneud o *papier maché*. Roedd y roced wedi ei pheintio yn lliwiau'r ysgol ac roedd y llythrennau ASA wedi eu peintio'n goch ar yr ochr.

Yng nghanol y sŵn a'r rhialtwch, roedd yna athro canol oed yn gwisgo cot wen a sbecs crwn. Mop o wallt du anniben fel nyth brân oedd ganddo, a gwisgai hances goch am ei wddwg yn lle tei. O dan y got gwisgai jîns byr, ac ar ei draed roedd pâr o Dr Martens. Meddyliodd Gwilym ei fod yn debyg i 'Doc' yn y ffilm *Back to the Future*.

Chymerodd neb unrhyw sylw o Gwilym, oedd yn newid braf i'r arolygwr. Aeth drosodd at y bwrdd ble roedd yr athro yn gweithio. Sylwodd fod y disgyblion yn gwrando ar bob gair roedd Roni Hicks yr athro yn ei ddweud, ond doedd neb yn cymryd unrhyw sylw o Gwilym. Teimlai'n anweladwy, ac roedd hynny'n deimlad braf.

"Shw mae?" meddai Gwilym ar ôl ychydig o funudau.

"Dal sownd," atebodd Roni Hicks. "Fi ar ganol rhywbeth pwysig fan hyn. Os na fydd y ddou bishyn 'ma wedi 'u cysylltu'n iawn, fydd y rocet ddim yn gweithio na'n hedfan a bydd pawb yn siomedig, yn cynnwys fi. Felly ishtedda am funud, plis."

Uniongyrchol a diflewyn-ar-dafod fyddai un ffordd o ddisgrifio ymateb Roni Hicks. Ewn, fyddai ffordd arall o'i ddisgrifio, ond roedd y ffaith fod Roni Hicks yn adeiladu rocedi gyda disgyblion Blwyddyn 10 wedi gwneud argraff ar Gwilym.

Aeth Roni Hicks ymlaen i annerch y grŵp o ddisgyblion, a hwythau'n gwrando'n astud. Meddai wrth un:

"Nawr 'te, hwp y pishyn 'na yn sownd yn y pishyn 'na. Tapa fe lan yn dda a bydd hwn yn ymgeisydd cryf am y *big launch* wedyn."

O'r diwedd edrychodd Roni Hicks i gyfeiriad Gwilym.

"*Oh, my God!* Chi yw'r insbector, nage fe. Beth y'ch chi'n neud fan hyn?"

"Pidiwch poeni, plis. Mae'n amlwg bod y disgyblion yma wrth eu boddau yn eich gwers, gyda phawb yn cydweithio ac yn deall cyfarwyddiau'r dasg," meddai Gwilym, gan swnio fel arolygwr – heb fwriadu swnio felly.

"O, 'na fe 'te," meddai'r athro, oedd ddim yn swnio'n ofnus o gwbl. "'Sdim llyfre i'w gweld heddi, achos gwers ymarferol yw hon. Fi ddim yn newid arferion ar gyfer arolygon, chi'n gweld. 'Sdim byd gyda fi i ddangos i chi o ran gwaith papur chwaith. Fi wedi rhoi'r cwbl i'r pennaeth adran, felly 'sdim byd i'w weld yma heddi. Gyda llaw, 'wy ishws wedi ca'l fy arsylwi mewn un wers wythnos 'ma; ac yn ôl rheolau'r undeb, ca'l 'yn arsylwi mewn dim ond un wers i fi fod ga'l."

Allai Roni Hicks ddim â chuddio ei anfodlonrwydd â'r ffaith fod Gwilym wedi galw i mewn i'w wers heb drefnu. Wedi gweud hyn, doedd Gwilym ddim yn disgwyl agwedd cweit mor ymosodol, chwaith. Penderfynodd droedio'n ofalus wrth drin y gwyddonydd gwyllt.

"Wrth gwrs, Mr. Hicks; ni'n ofalus i gydweithio gyda'r undebau, ond 'wy ddim yma i arsylwi. Y'ch chi'n fodlon jest gweud wrtha i beth yw'r wers 'oddi ar y record' fel petai?"

Edrychodd Roni Hicks ar Gwilym. Roedd wedi dod ar draws "oddi ar y record" gan arolygwyr o'r blaen. Wedi dweud hyn, roedd wedi penderfynu eisoes nad oedd yn mynd i ddarllen yr adroddiad terfynol ta beth, felly dechreuodd esbonio'r wers.

"Wel, fel hyn mae hi. Ni'n adeiladu rocedi chi'n gweld, ac mewn rhai diwrnodau, bydda i'n mynd mas ar un o gaeau'r ysgol ac yn lawnsio'r rhai gorau i'r awyr – 'Y *Big Launch*'. Dim ond y goreuon, cofiwch. Ma plant yn lico cystadleuaeth. Ar ôl 'Y *Big Launch*' byddwn yn ca'l *debrief* 'nôl fan hyn ble byddwn ni'n trafod pa roced oedd yr orau o ran cyrraedd uchder, cyfeiriad a chywirdeb wrth hedfan. Ar y foment mae yna dair roced wedi dod i'r amlwg, er efalle y bydd mwy. Y goreuon hyd yn hyn yw: 'Seren Gopor', 'Gwibiwr Gail' a 'Roced Roni'. Fi'n meddwl mai 'Roced Roni' fydd yn mynd â'r wobr, o achos maint a phwyse'r botel ma'r disgyblion wedi dewis."

Sylwodd Gwilym ar y brwdfrydedd yn llais Roni Hicks

wrth drafod y rocedi. Gallai ddeall pam roedd y disgyblion yn gwrando mor astud ar ei eiriau. Brwdfrydedd heintus.

"Felly, y disgyblion sydd wedi dylunio'r rocedi?"

"Ie, na fe, ond fi fydd yn eu lawnsio nhw; a chyn bo chi'n codi unrhyw beth am 'Iechyd a Diogelwch' ma 'na asesiad risg llawn yn y cynllun gwaith. Ond... cofiwch, 'sneb erio'd wedi ca'l niwed yn ystod yr un *Big Launch*'."

"Mr. Hicks, fydden i byth yn meiddio awgrymu eich bod yn gwneud unrhyw beth peryglus mewn gwers. Ga i ofyn am y seremoni wobrwyo. Beth yw'r wobr?"

"Does dim ots beth yw'r wobr. Fel arfer, beth bynnag sy 'da fi yn y ddesg. Llynedd fi'n meddwl mai paced o *Fisherman's Friend* a phaced o *Post-it Notes* oedd e. Do's dim ots gyda'r plant p'un ai mil o bunnoedd neu *felt pen* yw'r wobr. Yr anrhydedd sydd yn bwysig. Bydda i hefyd yn rhoi stamp dou Ddalec ar eu gwaith dylunio."

"Stamp Dalec. Beth yw pwysigrwydd hynny'n gwmws, Mr. Hicks?"

"Chi'n gwbod, Y Dalecs mas o Dr Who. Fi'n rhoi un stamp Dalec ar gyfer 'da' a dou Ddalec ar gyfer 'da iawn'. Dim ond dwy radd sydd ishe. Fi'n credu bo nhw'n galw fe'n Asesu Ffurfiannol yn eich iaith chi, arholwyr."

Derbyniodd Gwilym y sylw sarcastig gyda gwên. Llwyddodd Roni Hicks i greu tipyn o argraff ar Gwilym. Hyn, oherwydd bod ei frwdfrydedd at y pwnc yn anhygoel; ei ffordd o drin disgyblion yn wych, gan eu bod yn amlwg wrth eu boddau yn ei wersi – a bod y dasg o greu rocedi a'u lawnsio ar gae'r ysgol yn ffordd ysbrydoledig o ennyn diddordeb mewn gwyddoniaeth. Hoffai Gwilym hefyd yr agwedd gecrus oedd gan yr athro profiadol – dim nonsens.

"Mr. Hicks, ga i fod yn onest gyda chi. Fi heb ddod yma i weld gwers, ond yn hytrach ishe ca'l gair gydag un crwt o'r enw Emyr Morgan – sydd yn y dosbarth 'ma."

"O fi'n gweld," oedodd Roni Hicks cyn mynd ymlaen. "Ma Emyr yn grwt tawel a ffeind. Ma fe'n byw gyda'i dad-cu. Gobeithio nad yw e mewn unrhyw drwbwl?"

Sylwodd Gwilym nad oedd agwedd Roni Hicks yn meddalu dim.

"Na, smo fe mewn trwbl, Mr. Hicks. Jest ishe ca'l gair bach gyda fe am ddarn o waith diddorol dros ben yn ei lyfr Cymraeg."

Meddyliodd Roni Hicks yn ddwys cyn ateb. Er bod y boi oedd yn sefyll o'i flaen yn ymddangos yn foi cyfeillgar, doedd e ddim yn trystio arolygwyr. Roedd yn athro profiadol, yn undebwr i'r carn ac yn agosáu at ei ymddeoliad. Roedd wedi dod ar draws arolygwyr yn defnyddio'r dacteg o ymddwyn yn gyfeillgar sawl tro o'r blaen, ac yn gwybod yn iawn nad oedd yn bosib rhedeg gyda'r cŵn a'r cadno.

"Iawn. Draw fyn'na; y grŵp yn y gornel – grŵp y Seren Gopor.

"Ma'r 'Big Launch' yn swnio'n wych, Mr. Hicks. Fydde gwahaniaeth 'da chi pe bawn i'n bresennol?" holodd Gwilym.

"Lan i chi," atebodd Hicks, cystal â gweud 'sdim ots 'da fi os byddwch chi yno neu beidio. Yna meddai,

"Cofiwch, fyddwch chi ddim yn gallu sefyll ar 'y mhwys

i o achos rheolau 'Iechyd a Diogelwch'. Dim ond un meistr sy i'r seremoni ar gyfer y *'Big Launch'*, a fi yw hwnnw.

"Wrth gwrs, Mr. Hicks; fydden i byth yn meiddio 'dwyn eich taran' chi fel petai."

O'r diwedd, daeth gwên fach dros wyneb Hicks.

"Un cwestiwn arall cloi, Mr. Hicks... Pam 'ASA' ac nid 'NASA' sydd wedi ei beintio ar ochr y roced enfawr yn y gornel?"

"Abertawe Space Administration," atebodd Hicks gan chwerthin.

"Wrth gwrs, Mr. Hicks. Nawr te, ble ma'r crwt, Emyr Morgan 'na?"

Aeth draw at fwrdd yng nghornel bellaf yr ystafell lle eisteddai pedwar bachgen a thair merch yn trafod dyluniad eu roced (potel blastig Ribena) ar gyfer y *'Big Launch'*. Cerddodd o amgylch y bwrdd yn dawel bach a chlustfeinio heb darfu ar y sgwrs. 'Arsylwi' y gelwir hyn yn y proffesiwn, ac ar ôl dros ugain mlynedd wrth y gwaith, roedd Gwilym yn arsylwr heb ei ail.

"Er mwyn ca'l hwn miwn i'r *'Big Launch'*, bydd rhaid i ni beintio fe – er mwyn denu sylw Mr. Hicks," meddai un ferch.

"Ie, syniad da. Bydd ishe lliwie llachar fel bo fe'n sefyll mas," atebodd un o'r bechgyn. Cymraeg graenus, meddyliodd Gwilym. Aeth y sgwrs yn ei blaen.

"Beth am streips? Streipiau lliwiau llachar, fel bod pawb yn gweld ein rocet ni'n hedfan. Fi'n gwbod, streipiau lliw copor!"

Roedd y gweddill yn licio'r syniad yma'n amlwg.

"Beth am streips du a gwyn?" ebe'r crwt bach tenau.

Roedd Gwilym yn gwybod yn syth mai hwn oedd Emyr Morgan.

"O, typical," meddai'r ferch siaradus, a chwerthodd gweddill y disgyblion mewn ffordd gyfeillgar.

Achubodd Gwilym ar y cyfle i siarad gyda'r crwt.

"Shw mae?! Gwilym ydw i, a dw i'n ffeindio'ch sgwrs yn ddiddorol iawn."

Cafodd Gwilym yr union un ymateb wrth y disgyblion ag a gawsai gan yr athrawon y diwrnod cynt. Dim ymateb o gwbl.

"Nawr te, ga i ofyn i ti pam dewis streips du a gwyn i liwio dy roced?"

Edrychodd Gwilym ar Emyr Morgan gan ddisgwyl ateb.

"Achos du a gwyn yw lliwiau Abertawe, a fi'n syporto Abertawe," meddai Emyr.

"O, diddorol, ond dyw Abertawe ddim yn gwneud yn dda ar y foment. Pam so ti'n dilyn Man City neu Lerpwl yn lle nhw? Ma nhw wastod yn gwneud yn dda," heriodd Gwilym fe.

"Ma Tad-cu yn gweud dylsen i gefnogi ein tîm lleol. Ma Tad-cu yn gweud y bydde pawb slawer dydd yn dilyn eu tîm lleol. Ma fe'n gweud dylse chi benderfynu ar bwy chi'n dilyn drwy ddefnyddio map a rwler."

Chwerthodd gweddill y disgyblion. Roedd yn amlwg fod pawb wedi clywed hyn gan Emyr Morgan sawl gwaith o'r blaen. Aeth Emyr ymlaen yn ddigon hyderus i ymladd ei gornel...

"O, ocê, fi'n gwpod – yr un hen gân sy 'da'r gwcw."

Anhygoel, meddyliodd Gwilym wrth glywed ateb y crwt. I ddechrau, roedd wedi newid y gair 'gwybod' i 'gwpod' gan ddefnyddio hen dafodiaith yr ardal; ac yn ail, roedd wedi defnyddio hen ymadrodd Cymraeg yn naturiol. Roedd Gwilym am ddysgu mwy.

"Diddorol iawn. Beth ma 'yr un hen gân sy 'da'r gwcw' yn 'i feddwl te?"

"Tad-cu sy'n gweud 'na am berson sy wostod yn wilia am yr un peth," atebodd Emyr Morgan.

Gan fod iaith lafar a thafodiaith y crwt yn hyfryd ar glust yr arolygwr, roedd yn benderfynol o gael cadarnhad mai ei ddat-cu fu'r dylanwad mawr arno.

"Fi'n gweld. Felly, ti a dy dad-cu sydd yn mynd i'r gême, dife?" gofynnodd Gwilym.

"Ie, 'na fe," atebodd y crwt yn gloi.

Erbyn hyn, roedd y disgyblion eraill wedi dechrau trafod lliwiau'r roced unwaith eto ac roedd Emyr Morgan yn dechrau colli diddordeb yn sgwrs yr arolygwr, ond fe aeth Gwilym ati i'w holi.

"Oes rhaid i chi fynd yn bell i fynd i'r gême?"

"Na, dim rili. O'n ni'n arfer cerdded, ond nawr ni'n dyla'r bws o waelod yr hewl lle ni'n byw, achos ma gwynegon 'da dat-cu yn 'i goese. Ma fe bach yn ffiledig erbyn hyn."

Byddai'n rhaid iddo ddarganfod mwy am y tad-cu.

"Un cwestiwn arall cyn bo fi'n rhoi llonydd i ti fynd ymlaen 'da'r gwaith dylunio. O ble yn gwmws ma'r bws yn mynd 'to?"

"Gwaelod hewl Cwm yn Chapel Road. Ni'n byw ar

waelod hewl Capel y Cwm," atebodd y crwt mewn ffordd oedd yn dweud fod y sgwrs drosodd.

"Iawn, diolch yn fawr," meddai Gwilym, ond atebodd Emyr Morgan 'mohono, roedd yn ôl gyda'i ffrindiau yn trafod.

"Diolch yn fawr, Mr. Hicks," gwaeddodd Gwilym ar yr athro brwdfrydig wrth gerdded tuag at y drws, ond atebodd ynte ddim chwaith – na chodi ei ben i edrych ar Gwilym yn gadael – dim ond codi un fraich i'r awyr.

Cerddodd Gwilym allan o'r dosbarth. Byddai'n amhosib iddo ddychwelyd i'r llyfrgell i gwmni lletchwith ei gyd-arolygwyr nawr. Awyrgylch iasoer erbyn hyn; byddai cerdded i mewn i'r llyfrgell fel cerdded i mewn i iglw. Penderfynodd mai crwydro'r ysgol a siarad gyda chymaint o ddisgyblion â phosib oedd y ffordd fwyaf diddorol o dreulio gweddill y prynhawn ac o asesu llwyddiant yr ysgol. Roedd wedi ei ysbrydoli gan wers Roni Hicks; ei frwdfrydedd a'i benderfyniad i fod yn ecsentrig ac yn wahanol mewn proffesiwn oedd yn ystyried cydymffurfio fel y nod. Yr athro yn amlwg wedi deall mai gwreiddioldeb oedd yn apelio at blant.

Roedd hefyd wedi darganfod Emyr Morgan, yr 'aderyn prin'. Dyma grwt oedd yn defnyddio tafodiaith yr ardal, a honno – i bob pwrpas – wedi marw'n llwyr; tafodiaith oedd yn bwnc trafod i haneswyr ieithyddol, ond nad oedd i'w chlywed bellach. Dyma'r brithyll brown cyntaf mewn afon, a fu'n farw; y perl yn y ganfed gragen.

Wrth grwydro'r coridorau, clywodd sŵn roedd yn ei adnabod yn syth. Tiwn thema James Bond 007. Aeth i mewn i'r ystafell lle'r oedd athrawes ifanc gyda mop o wallt du cyrliog yn canu'r dôn ac yn annog y disgyblion i'w dilyn hi. Roedden nhw'n amlwg yn mwynhau eu hunain. Dim ond hanner dwsin o ddisgyblion oedd yno. Stopiodd y canu a'r rhialtwch wrth i un o'r disgyblion dynnu sylw'r athrawes at bresenoldeb Gwilym.

"Oh, my good God!" meddai'r athrawes ac yna, "sori, sori" ar ôl sylweddoli beth roedd hi newydd ei ddweud.

"Reit te, blant, eisteddwch lawr. Ffeiliau mas, fel y gall yr arolygwr eu gweld, a dechreuwn ni'r wers yna wnaethon ni sôn amdani o'r blaen."

"Dife hon yw'r wers ni wedi ei pharatoi ar gyfer yr Insbector, Miss?" gofynnodd un o'r plant.

"Oh, my God!" meddai'r athrawes unwaith eto, cyn ymddiheuro am yr eildro. "Fi mor sori! Y plant 'ma'n gweud pob math o bethe, nag y'n nhw?"

Ceisiodd chwerthin. Roedd ar fin cyflwyno gwers roedd yn amlwg wedi ei pharatoi wythnosau ynghynt; er, yn amlwg, doedd hi ddim am i Gwilym wybod hynny.

"Mae'n iawn. Ymlaciwch, plis. Digwydd clywed tôn James Bond 007 wnes i a phenderfynu mynd i ddarganfod beth oedd yn digwydd i mewn 'ma. Chi o'dd wrth y piano yn y gwasanaeth yn dife?

"Ie, Vicky Rees, Pennaeth yr Adran Gerdd. Chi'n siŵr bo chi ddim yn moyn gweld ffeilie'r disgyblion?"

"Dim o gwbl, Mrs. Rees; ma gyda fi lot mwy o ddiddordeb yn James Bond a dweud y gwir. Pam roedd y disgyblion yn canu'r dôn pan ddes i mewn?"

Ymddangosai Gwilym Puw fel boi digon gonest i Vicky

Rees, ac er nad oedd yn deall pam nad oedd yr arolygwr am weld gwaith y disgyblion, aeth ati i esbonio.

"Wel, ma'r diwn ar y thema yma yn enghraifft o raddfa gerddorol 'harmonic leiaf'. Mae'n cael ei ddefnyddio'n effeithiol iawn gan gerddorion jazz i greu tensiwn. Mae'r wers yn ymwneud â'r triciau cerddorol sy'n cael eu defnyddio mewn *genres* gwahanol i greu teimladau fel tensiwn, hapusrwydd, neu dristwch."

"Diddorol dros ben, mae'n rhaid dweud."

Sylweddolodd Gwilym fod Vicky Rees yn deall ei phwnc yn arbennig o dda. "Ond dwedwch, pam gofyn i'r disgyblion ganu'r dôn hon felly?"

"Er mwyn ymarfer y glust. Mae cerddor yn gorfod ymarfer y glust yn yr un modd ag y ma athletwr yn gorfod ymarfer i fagu cryfder yn ei goesau. Canu alaw, a'i chanu'n gywir, yw un o'r ffyrdd gorau o wella'r glust."

"Diddorol iawn."

"Diolch. Nawr, beth hoffech chi weld? Dw i wedi bod yn paratoi ar eich cyfer chi ers wythnosau."

"Mae'n ddrwg gyda fi, Mrs. Rees. Dylsen i fod wedi bod yn fwy gonest gyda chi. Nid yw hwn yn rhan o'r arolwg. 'Wy ddim yma i arsylwi gwers ac felly 'wy ddim am weld ffeiliau'r disgyblion. Fi fod yn y llyfrgell nawr yn craffu ar lyfrau, ond fi wedi crwydro mewn fan hyn yn lle gwneud hynny. Ymddiheuriadau. 'Wy'n deall yn iawn nad yw'n beth arferol i arolygwr wneud hyn."

"Mae'n iawn, siŵr," meddai Vicky Rees mewn tôn a oedd yn dal ychydig yn ansicr.

"Ga i ofyn un cwestiwn arall cyn gadael llonydd i chi

barhau â'r wers hynod o ddiddorol yma. Sut ar wyneb y ddaear ydych chi wedi llwyddo i ga'l disgyblion i ganu mewn gwasanaethau?"

"O, ma'r ateb yn rhwydd. Fi'n gweud wrth y plant bod llais ofnadw gyda fi, fel jôc, ac felly rhaid i bawb ganu nerth 'u penne er mwyn boddi sŵn 'y nghanu i. A dweud y gwir mae safon y canu yn amrywiol iawn, ond ma digon o sŵn gobeithio, er nad yw pawb mewn tiwn."

Chwerthodd Gwilym Puw yn uchel. "Ma hwnna'n syniad gwych, Mrs. Rees. Strategaeth berffaith i annog plant i ganu, a ga i ddweud mai chi yw un o'r ysgolion prin hynny sydd yn llwyddo i gael y plant i ganu."

"Diolch, a chi'n siŵr bo chi ddim am weld 'run ffeil?"

"Dim diolch, Mrs. Rees. Diolch yn fawr am eich amser."

Cerddodd ymlaen i'r dosbarth nesaf. Teimlai ychydig yn euog nad oedd wedi dweud wrth Morris na Ms. Evans ei fod wedi dechrau ymweld â gwersi, ond dyna ni, fe Gwilym oedd y bòs – ac roedd yn mwynhau.

Ema: 10am

TYNNODD EMA EI chyfrifiadur o'r drâr, a hithau'n gwybod bod Gwilym wedi gadael y tŷ. Cadwai'r cyfrifiadur yn gyfrinachol mewn drâr lle byddai'n cadw'r tywelion a'r llieini llestri – rhywle na fyddai Gwilym byth yn mynd ar ei gyfyl. Ar y cyfrifiadur cudd hwn roedd holl gyfansoddiadau Ema, yn gerddi a rhyw ddeg ar hugain o straeon byrion.

Doedd hi ddim yn gofidio rhyw lawer am ymddygiad rhyfedd diweddar ei gŵr, er bod y busnes am grwydro drwy anialwch byd natur ar ochr yr A40 yn hanner porcyn wedi bod yn dipyn o sioc. Erbyn hyn, roedd wedi derbyn bod Gwilym yn cael rhyw fath o greisus canol oed, ond roedd yn benderfynol na fyddai ei gŵr yn ei thynnu hi i mewn i'r gors gyda fe.

Teipiodd deitl stori fer newydd sbon: 'Cegin yr Eglwys'.

Maldwyn Morris: 7.30pm

Tynnodd Maldwyn Morris y drws yn wyllt ar ei ôl. Roedd mewn hwyliau cau drysau yn glep. Gwyddai ei fam yn iawn wrth glywed y drws yn cau yn swnllyd nad oedd pethau ddim yn dda.

"Helo, 'machgen glân i. Odi popeth yn iawn? Ble ti wedi bod 'te? Fi wedi tynnu dy swper di o'r ffwrn."

"Blydi Puw. Ma blydi diogi yn 'i ladd e."

"Nawr 'te Maldwyn, ti'n gwbod bo fi ddim yn lico ti'n defnyddio'r fath iaith â 'na."

"Gredet ti ddim, Mam. Da'th e miwn bore ma, esgus neud bach o waith, cwestiynu'r system arolygu eto, a 'na fe. A'th e mas i'r tŷ bach, a 'na fe. Da'th y diawl ddim 'nôl o gwbl aton ni wedyn. Fi 'di gorfod craffu ar 'u ffeiliau fe unwaith 'to, heddi. Sa i'n gwbod beth sy'n mynd i ddigwydd i'r arolwg yma. Galle prifathro'r ysgol weud bo ni heb 'neud ein gwaith. Lwcus 'mod i wedi bod yn pori drwy'r data ers wythnose."

"Wel, wel; gwarthus, bach. Wna i ddisgled bach i ti nawr a wna i ail-dwymo dy swper di."

"Sori, Mam, 'sdim amser 'da fi i ga'l swper nawr. 'Wy'n gorfod dechre ar yr adroddiad. Fi ar 'i hôl hi 'to o'i achos e.

Gorfod gwneud gwaith dou. Lwcus bod Ms. Evans gyda fi. Ma hi'n werth y byd. Fi'n moyn dechre'r adroddiad tra bod dangosyddion y data yn dal yn ffres yn y meddwl. Duw a ŵyr a ga i unrhyw help gan Puw, sy'n ormod o ddiogyn i fwrw golwg ar waith y plant, hyd yn oed."

"Reitô de, cariad. Faint o'r gloch byddi di'n moyn dy swper 'te?"

"Mam, plis!" ebychodd Morris, a bant â fe i'w ystafell i wneud ei waith cartref.

Dydd Mercher:
24/1/2015
Defi John Morgan

R OEDD NOS FAWRTH wedi bod yn noson arall ddiflas i
Gwilym, gyda fe a'i wraig yn dal ddim yn siarad fawr
ddim â'i gilydd. Eisteddai ar y bws – y siwrne ddyddiol o'r
Cwadrant i Bonymaen – gan wybod bod dydd Mercher fel
arfer yn ddiwrnod pwysig yn ystod wythnos arolwg. Hwn
oedd y diwrnod pan fyddai'r tîm arolygu yn cyfarfod ac yn
dechrau dod i gasgliadau am safon yr ysgol – Ardderchog,
Da, Boddhaol neu Anfoddhaol. Yn lle gadael y bws ger
arhosfan yr ysgol, a sicrhau y byddai yno mewn da bryd,
gadawodd Gwilym y bws ddau stop yn gynt – ar waelod
hewl Capel y Cwm.

Roedd Gwilym eisoes wedi gadael neges ffôn i Maldwyn,
y dirprwy, i ddweud y byddai'n hwyr. Teimlai fod Maldwyn
yn dechrau colli pob ffydd ynddo, ond doedd e'n becso
dim am hynny. Roedd ganddo fe dasg dipyn pwysicach
na chraffu ar lyfrau a mynychu gwersi disgyblion heddiw.
Pwysicach o lawer nag esgus dangos diddordeb mewn
cyfarfod dibwys arall. Roedd yn mynd i ffeindio Defi John
Morgan, tad-cu Emyr Morgan Blwyddyn 9 – y dyn sy'n

siarad y dafodiaith goll. Gadawodd y bws gyda'r gyrrwr yn gweiddi yn ei glust:

"Not ewe'r usual stop today, then?"

Anwybyddodd y gyrrwr ewn. Roedd wedi dysgu ei wers am sgwrsio'n ormodol gyda'r gyrrwr busneslyd ar ei daith gyntaf. Yn cerdded lawr y stryd yn syth tuag ato roedd dyn canol oed mewn tracwisg lwyd yn tywys ci anferth. Meddyliodd Gwilym fod y ci bownd o fod yn perthyn i ryw frid oedd wedi ei wahardd, gan ei fod yn fwystfil gwyllt o beth.

"Bore da," medde Gwilym wrth i'r dyn agosáu.

"Good morning," meddai perchennog y ci, gan ateb – yn ôl yr arfer – yn Saesneg.

Wrth i'r dyn siarad, neidiodd y ci tuag at Gwilym a dangos ei ddannedd. Prin y gallai ei berchennog ei ddal 'nôl. Neidiodd Gwilym i arbed ei hun.

"Don't like dogs, do you, mate? He can sense it, see. Don't worry, he's got a lovely nature he 'ave; all chops he is, see, he's just sayin hello, see, big softy really, aren't 'ew, mush?"

Wrth ddweud hyn, rhoddodd ei law ar war y ci a'i siglo yn ddigon rwff. Cam peryglus ym marn Gwilym, ond eto roedd y ci i'w weld yn hapusach o gael tipyn bach o faldod rwff.

"Would you happen to know a local man named Defi John Morgan?" holodd Gwilym.

Edrychodd dyn y tracwisg yn amheus ar Gwilym, ac fe newidiodd tôn ei lais wrth ateb,

"From the Social are you?"

"No, nothing like that."

Neidiodd y ci ymlaen eto at Gwilym. Roedd yn amlwg wedi synhwyro newid yn nhôn llais ei berchennog.

"Police then, is it? We don't want any trouble round here. Defi John is a lovely old fella and whatever anybody has said, I'm tellin ew now, whatever they 'ave said, it's a pack of lies."

Roedd y ci nawr wedi dechrau cyfarth, a'r ddau yn gwneud tîm digon bygythiol. Penderfynodd Gwilym ddal ei dir.

"Listen, I'm not from the police or the social or anything like that, and Mr. Morgan is not in any trouble. Could you calm the dog down, please?"

Tynnodd ar y tennyn yn galed a gweiddi, *"Down Winston, mun"*.

Tawelodd y ci rywfaint, ond roedd yn amlwg nad oedd yna lawer o reolaeth gan ei feistr.

"I'm a school inspector and am interested in talking to Mr. Morgan because I believe he has an interesting dialect."

Edrychodd dyn y tracwisg yn syn ar Gwilym. Roedd y dyn fel tai pentrefi glan môr yn y gaeaf – y golau mlaen ond neb adre.

"What 'ew mean dialect, then?" gofynnodd dyn y tracwisg, oedd unwaith eto yn profi mai casgliad o bentrefi oedd Abertawe – gyda'r trigolion yn dangos gymaint o ddiddordeb ym musnes pobl eraill.

"I mean Welsh dialect, like an accent, only more."

Deallodd dyn y tracwisg o'r diwedd.

"Oh, I see mun, 'ew should have said, like. Defi and a couple of the old boys used to go to the Halfway on a Friday and 'ew

*could hear them speakin' Welsh. Lovely to hear, mind; my nan
spoke it, see. Pity, mind."*

"Pity about the Welsh dying out you mean?"

*"No, pity about the Halfway, mun. Nobody quite knows
why it burnt down. We don't really talk about that round here.
Anyway, Defi John lives three doors up from the chapel on the
left hand side. All the best now, lovely to talk to an educated
man. I'll be tellin the wife when I gets home about the Welsh,
like. She loves it, see; understands more than me, like."*

Cerddodd Gwilym ar hyd heol Capel y Cwm a stopiodd
y tu fas i'r capel. Roedd yn enfawr. Capel hardd a'i
bensaernïaeth yn ddiddorol, yn dyddio 'nôl i'r ddeunawfed
ganrif. Roedd wedi ei adeiladu mewn arddull *Romanesque*,
gyda phâr o ddrysau derw dwbl ar ben y grisiau carreg
fel mynedfa. Hyfryd! meddyliodd Gwilym, ond yn hollol
anaddas i'r llond dwrn o hen bobl sy'n aelodau yno bellach,
mwy na thebyg.

Wrth edrych dros y wal fach oedd yn amgylchynu'r
fynwent, sylwodd fod pob carreg fedd, bron yn ddieithriad,
yn y Gymraeg: 'Er cof annwyl am' a 'Hunodd yn yr Iesu'.
Cannoedd ar gannoedd o Gymry Cymraeg dosbarth
gweithiol, a dim un yn hwyrach na 1920. Cwestiynodd
Gwilym beth ddigwyddodd i'r lle yma, fel cannoedd o drefi
a phentrefi eraill yn ardaloedd diwydiannol y de. Pam y
trodd pawb at y Saesneg mewn llai na dwy genhedlaeth? Ai
mewnlifiad o weithwyr di-Gymraeg yn ystod y chwyldro
diwydiannol oedd yn gyfrifol, neu'r Cymry eu hunain
yn esgeulus o'u hetifeddiaeth? Pwy a ŵyr; a phwy oedd
Gwilym, y dyn dosbarth canol breintiedig, i feirniadu'r

dyn dosbarth gweithiol a fu'n slafo o flaen y ffwrneisi neu'n cloddio o dan ddaear ganrif a hanner yn ôl?

Cyrhaeddodd y tŷ, tri drws o'r capel, o'r enw 'Pen Cwm'. Tŷ taclus a thrwsiadus gyda lawnt fach a blodau rownd yr ymyl. Popeth yn dwt a threfnus ac yn ei le. Cnociodd y drws, ond ddim yn rhy galed, rhag codi ofn. Agorodd y drws, ac yno safai dyn sgwâr yn ei wythdegau, mewn crys gwyn a thrwser brethyn. Roedd ei groen yn frown – olion oriau o fod yn palu'r ardd, efallai. Er yn hen, roedd golwg iach a chryf arno.

"Shw mae! Gwilym Puw, Arolygwr Ysgolion ydw i. Yma i gael gair, os caf i, am eich ŵyr, Emyr Morgan."

Estynnodd Gwilym ei law, a gafaelodd Defi John ynddi. Roedd ei ddwylo fel rhofie ac roedd ei afael yn dal yn gryf, ychydig bach yn rhy gryf i Gwilym, efallai. Roedd gan hwn nerth hen ffasiwn, y math o gryfder mae dyn yn ei feithrin drwy waith caled, yn hytrach na thrwy ymarfer codi pwysau mewn campfa.

"Shw mae 'de. Gobeithio fod y crwt ddim mewn trwpwl. Ma fe fynycha'n fachgen bach da," atebodd Defi John.

"Na, dim o gwbl. Ma pawb yn gweud 'i fod e'n fachgen da iawn. Eisie gofyn i chi am ddywediad ma Emyr wedi 'i ddefnyddio yn 'i lyfr Cymraeg o'n i."

"Fi'n gweld. Well i chi ddod miwn 'te a tynnu sêt lan o fla'n y tân."

Tŷ taclus, fel yr ardd, a hen gelfi pren tywyll derw o gwmpas y lle. Roedd yna le tân glo yn cadw'r ystafell fyw yn gysurus ac roedd yna luniau teuluol ar y ddreser dderw. Gallai Gwilym adnabod Emyr mewn sawl llun.

"Eisteddwch," meddai Defi, a ymddangosai yn ddyn cyfeillgar ac agored. "Nawr te, beth ma'r crwt 'na wedi bod yn ysgrifennu yn 'i lyfr Cwmrâg? Dim byd coch, gobitho."

Chwerthodd y ddau.

"Fe ysgrifennodd Emyr rai geirie ac ymadroddion a wna'th argraff arna i. 'Fel lleuen mewn crachen' oedd y dywediad. Rwy'n cymryd bod hwn yn rhywbeth ry'ch chi'n 'i ddweud?"

Chwerthodd yr hen ŵr hoffus cyn ateb Gwilym.

"Wetws e na, do fe? Ware teg iddo fe. Wel, chi'n gweld, Mr. Puw, rownd fan hyn slawer dydd ro'dd yr hen bobl yn wilia Cwmrâg – ac un o'r dywediade o'dd gyta nhw oedd 'fel lleuen mewn crachen'. Nawr, dychmygwch ych bod yn lleuen, Mr. Puw, ac ych bod yn ddicon lwcus i ffindo'ch hunan mewn crachen – wel, byddech chi'n hapus iawn, mor hapus a dweud y gwir nes byddech chi'n jwmpo rownd y lle, a dyna fe. Mae'n meddwl person anesmwyth, neu aflonydd, ac un bywiog iawn."

Dyma'r union beth roedd Gwilym am ei glywed. Y dafodiaith goll yn fyw ar lafar mewn stryd gyffredin o dai teras yn ardal Bonymaen.

"Diddorol iawn, Mr. Morgan. Oes 'na fwy o'r hen ddywediade hyn 'da chi?"

"Wel o's, siŵr o fod, Mr. Puw; ond cyn bo fi'n dechre clepran, wnewch chi ercyd y sgleish fach 'na sy wrth ochr y tân i fi gal mynd i'w lanw â glo? Mae'n dechre oeri 'ma."

"Mae'n ddrwg 'da fi Mr. Morgan, beth i chi'n meddwl wrth 'ercyd y sgleish'?"

"Sori Mr. Puw, 'sdim Cymrâg posh 'da fi. Pasa'r rhaw fach na i fi sydd wrth ochr y tân. Sgleish yw rhaw fach i lanw glo, chi'n deall?"

Pasiodd Gwilym y rhaw fach i'w gyfaill newydd. "Fydde ots 'da chi 'mod i'n gwneud nodiade wrth i ni sgwrsio? Ma'ch iaith lafar chi'n hynod o ddiddorol."

"Cariwch chi mla'n, w. Am beth licech chi wilia bythdi 'da fi?"

"Eich hanes chi, Mr. Morgan – eich magwraeth, eich teulu, eich gwaith. Ma pethe siŵr o fod wedi newid tipyn rownd fan hyn ers pan o'ch chi'n grwt."

"Wel ma hwnna'n wir, Mr. Puw – reit i wala."

"Ma 'reit i wala' yn ddywediad diddorol 'fyd?" meddai Gwilym.

"Ma hwnna'n meddwl *for sure* os wetws y Sais. Well i chi dynnu'r pensil 'na mas a dechre cofnodi, fel wetsoch chi. Tra bo chi'n neud 'na, af i hwpo'r teclter mla'n."

A dyna lle bu'r ddau gyfaill newydd yn siarad am fywyd diddorol Defi John Morgan am dros ddwy awr. Ei brofiad o fyw drwy gyfnod y Blitz yn Abertawe ar ddiwedd yr Ail Ryfel Byd... Gwaith ei dad yn y ffwrneisi tun yn Llansamlet... Hanes ei fagwraeth ar aelwyd uniaith Gymraeg yn yr un tŷ ag yr eisteddai'r ddau nawr... Ei waith yn y burfa olew yn Llandarsi... Ei hoffter o chwaraeon a chlwb pêl-droed yr Elyrch a chlwb rygbi Bonymaen... Ei falchder o fod wedi chwarae rygbi dros Bonymaen, a'r ffaith ei fod yn nabod teulu Malcolm Dacey

a Richard Webster – dau o gyn-gewri'r clwb a Chymru...
Ei gof wedyn am y cymanfaoedd canu mawr yng Nghapel
y Cwm... A thrwy'r holl hanesion, cofnodai Gwilym bob
ymadrodd diddorol neu air anghyfarwydd. Roedd yr hen
ŵr yn dwli siarad gyda'r dyn canol oed, gan fod hwnnw
yn wrandäwr mor dda. Ffrindiau newydd. Defi Morgan
orffennodd y sgwrs.

"Wnaethoch chi ddim gofyn i fi am Emyr – chi'n siŵr
o fod yn gwpod drwy'r ysgol mai fi sydd wedi cwnnu a
macu fe?"

"Odw, a rwy' wedi sylwi fod gyda chi luniau di-ri o chi
a'ch gwraig, a menyw ifanc hardd a lluniau o grwt ifanc
ar y ddreser. Fi'n cymryd taw Emyr yw'r crwt a'ch gwraig
sydd wrth eich ochr chi ymhob llun, ond pwy yw'r fenyw
arall?"

Bu saib fer.

"Roedd y flwyddyn 2012 yn un anodd i fi, Mr. Puw.
Gollais i Megan, fy merch bert, ar ddechre'r flwyddyn.
Mam Emyr. Dylse neb orfod claddu plentyn, Mr. Puw."

Pwyntiodd Defi at lun Megan, mam Emyr. Roedd y
tebygrwydd yn amlwg.

"Colles i Ann, 'y ngwraig annwyl, o fewn chwe mis i
golli Megan druan. Collodd hi bob awydd i fyw wedi i
ni ei cholli hi. Cretu dylsen i fod wedi trial yn galetach i
siarad gydag Ann, ond claddu teimlade ma dyn fel fi yn
neud, dim 'u rhannu nhw. Fi'n perthyn i oes wahanol, Mr.
Puw, a fi'n cario'r euogrwydd gyda fi bob dydd."

"Ma'n wir ddrwg 'da fi, Mr. Morgan," meddai Gwilym.
"Ond, beth ddigwyddodd i dad Emyr?" gofynnodd, gan
synhwyro fod yr hen ŵr am siarad.

"Fe? Bachan yr uffarn o'dd e. Dilyn 'i goc wnath e eriod. Y cwrcyn uffarn. Bobi yw e, sy'n dal i fod ar hyd y lle 'ma. 'Neith e byth ddangos croen 'i din rownd fan hyn, nag yn y clwb chwaith. 'Sdim croeso ffordd hyn i'r diawl."

Teimlodd Gwilym agosatrwydd at y gŵr gonest, er taw ond llai na dwyawr ynghynt roedd y ddau wedi cwrdd am y tro cyntaf.

"Diolch o galon am y sgwrs a'r ddisgled, Mr. Morgan. Ma hi wedi bod yn fraint ych cyfarfod chi."

"Croeso, 'machgen i. Galwa miwn pryd bynnag byddi di yn y cyffinie, cofia," meddai Defi gan estyn ei law unwaith eto.

"Cyn bo ni'n ffarwelio, ga i ofyn i chi wneud cymwynas â fi? Fyddech chi'n fodlon dod mewn i'r ysgol i siarad gyda rhai o'r disgyblion am ych cefndir a hanes yr ardal 'ma? Mae'r cwricwlwm newydd yn rhoi pwyslais mawr ar hanes lleol a chynefin."

"O'n i'n meddwl taw insbector, nid athro, o'ch chi, Mr. Puw?"

"Ie, chi'n llygad ych lle, Mr. Morgan... Ond rwy'n credu bod gyda fi gynllun, Mr. Morgan, a byddwch chi'n rhan ohono fe, reit i wala."

Chwerthodd y ddau gyfaill newydd, wrth i Gwilym adael 'Pen y Cwm'. Roedd meddwl mynd 'nôl i'r llyfrgell am y prynhawn a threulio tair awr hir yng nghwmni ei gyd-arolygwyr yn hunlle iddo unwaith eto. Cerddodd yn araf iawn tuag at yr ysgol. Roedd yn un o'r gloch erbyn iddo gyrraedd gatiau'r ysgol – yng nghanol yr awr ginio. Sylwodd Gwilym fod yna gynnwrf mawr lawr ar un o gaeau chwarae'r ysgol oedd i'r dde o'r brif fynedfa. Aeth Gwilym i lawr i weld beth oedd y cynnwrf. Unrhyw esgus i beidio â gorfod mynd 'nôl i'r gell yn y llyfrgell.

O amgylch y cae, roedd yna dorf fawr o ddisgyblion a staff yn gwylio gêm rygbi. Gofynnodd i grwt oedd yn gwisgo cit rygbi Bro Copor pwy oedd yn chwarae.

"Bro Copor Hŷn yn erbyn Ysgol Treforys Hŷn. Fi'n eilydd a ma Mr. Thomas wedi addo ga i fynd mla'n yn yr ail hanner."

"Odi hon yn gêm fawr 'te?" gofynnodd Gwilym.

Edrychodd y crwt yn syn arno cyn ateb mewn llais hollol sarcastig: "Odi. Lle chi 'di bod? Bonymaen yn erbyn Treforys. Hon yw gêm fwya'r tymor. Dyna pam ma'r Prif yn ymestyn yr awr ginio fel bod pawb yn ca'l gweld y gêm. Ni'n eu casáu nhw a ma nhw'n ein casáu ni. Ma 'u hysgol nhw draw fyn'na, ochr arall i'r afon."

Pwyntiodd y crwt i gyfeiriad Treforys oedd yn llai na dwy filltir i'r dwyrain, lle'r oedd tŵr Capel y Tabernacl a swyddfeydd y DVLA i'w gweld yn glir. Mor agos, ond eto mor bell; a nhw oedd y gelynion pennaf ar y cae chwarae. Y Tawe oedd yn gwahanu'r ddwy ysgol; y nodwedd ddaearyddol oedd yn sicrhau bod trigolion y ddau blwyf yn aros ar wahân ac yn ystyried eu hunain yn wahanol. Byddai'r elyniaeth ffyrnicaf, fel arfer, rhwng y cymdogion agosaf – ac ar y cae rygbi... Richard Webster yn erbyn Paul Moriarty; Alun Wyn yn erbyn Richard Moriarty; Dan Biggar yn erbyn Malcolm Dacey; ac wedyn mewn meysydd eraill – Enzo Maccarinelli yn erbyn Peter Harries, a'r Tabernacl yn erbyn Capel y Cwm. Ond, hon oedd yr ornest fawr leol heddiw, yr ornest doedd neb yn fodlon ei cholli. Neb eisiau colli iddyn "nhw draw man co", "nhw lan yr hewl" neu "nhw yr ochr arall i'r afon".

Dechreuodd Gwilym wylio'r gêm, ac yn araf bach cafodd ei dynnu i mewn i'r ornest. Roedd hi'n hollol ffyrnig, gyda'r ergydion digyfaddawd i'w clywed yn glir o ochr y cae – asgwrn yn erbyn asgwrn. Roedd yn ymddangos fel petai pac Treforys yn fwy ac yn gryfach, ond roedd cefnwyr Bro Copor yn chwim ac yn ystwyth ac yn symud y bêl yn gyflym drwy'r dwylo. Yn sydyn, cododd lefel y sŵn a'r cynnwrf wrth i grwt bach cloi ar yr asgell i Bro Copor dderbyn y bêl. Torrodd drwy amddiffyn canol cae Treforys a thorri'n glir. Dim ond cefnwr Treforys oedd i'w guro, ond chwarae teg i'r cefnwr, roedd y dacl yn un berffaith i lorio'r asgellwr bach twyllodrus. Lloriodd y digwyddiad nesaf Gwilym yn llwyr. Rhedodd un o chwaraewyr Bro Copor draw at yr asgellwr bach a'i helpu yn ôl ar ei draed, a'i ganmol.

"Anlwcus, Rhidian boi," meddai'r capten. Gwych, meddyliodd Gwilym, roedd Ysgol Bro Copor yn defnyddio'r Gymraeg ar y cae rygbi. Clywodd Gwilym rywun yn gweiddi o ochr arall y cae, "Tro nesa, cer rownd e, ti'n gloiach na fe, boi bach."

Daf Thomas yr athro chwaraeon oedd yn gweiddi. Roedd hon yn ornest oedd yn fwy na gêm rhwng dwy ysgol neu ddarbi rhwng dau blwyf. Roedd Ysgol Bro Copor yn cynrychioli Cymru fan hyn. Anghofiodd Gwilym yn llwyr mai arolygwr oedd e – yno i adrodd ar safonau'r ysgol – a dechreuodd weiddi fel cefnogwr o fri, fel dyn dwl a dweud y gwir. Taflodd bob owns o'i egni i gefnogi'r tîm cartref.

Gêm llawn egni, ymroddiad a chlatsio, ond yn anffodus, Treforys â'u pac enfawr aeth â hi. Ar y chwiban olaf, aeth y ddau dîm i ysgwyd llaw ac i gofleidio. Sylwodd fod Daf Thomas ochr arall y cae yn cofleidio'r boi yng nghit rygbi Treforys. Athro ymarfer corff Treforys tybiai Gwilym, gan fod y ddau wedi gwisgo'r un dillad, ond mewn gwahanol liwiau. Pawb yn ffrindiau nawr, pawb yn adnabod ei gilydd. Cymdogion yn dal i fod yn gymdogion. Gogoniant gêm y bêl hirgron.

Daeth cwmwl du dros Gwilym eto, gan ei fod yn methu â wynebu mynd 'nôl i'r llyfrgell. Roedd wedi troi dau o'r gloch ac fe fyddai cwestiynau di-ri am ei absenoldeb. Cerddodd drwy gât yr ysgol ac aeth draw at dacsi oedd yna i hebrwng rhai o'r plant gartref. Roedd yn talu i'r gyrwyr tacsi fod yno'n gynnar gan y byddai hi'n ffair pan fyddai cloch y prynhawn yn canu ym mhob ysgol, gyda rhieni, nad oedd am i'w plant fynd ar fws ysgol, yn ciwio a chystadlu am le i barcio dros dro.

Agorodd y gyrrwr tacsi ei ffenest wrth i Gwilym ei holi.

"Sorry, mate – doing the school run, taking two kids home to Winch Wen."

"I need to go to Carmarthen now, I need to see my wife now and I'm willing to pay over the odds."

Tynnodd Gwilym ei waled ledr ddrud mas a'i dangos i'r gyrrwr. Estynnodd y gyrrwr am ei radio oedd yn sownd i'r dashfwrdd.

"Hello. Listen, mush, I've got a bloke here that needs to get back to Carmarthen, it's an emergency, see. Sounds like marital problems. Needs to see his wife, like. Send Gary out to do the Welsh school run."

Arhosodd y gyrrwr ddim am ateb.

"Jump in, mate, it's £60 to Carmarthen. That okay?"

"I'll pay you £80 if you take me via the scooter dealership in Llansamlet. That okay?"

"Yes, boss," atebodd y gyrrwr tacsi yn syth bin; ac yna, o fewn dim, "Everything okay with the missus, is it?"

Atebodd Gwilym ddim. Weithiau, byddai agosatrwydd pobl y ddinas yn ymylu ar fod yn haerllugrwydd. Roedd £80 yn ddigon o bris i'w dalu am y siwrne ac i sicrhau llonyddwch.

Cyrhaeddodd Gwilym gatre yn gynnar. Talodd i'r gyrrwr tacsi, yn ôl yr addewid, a mewn â fe i'r tŷ i wynebu Ema. Eisteddai Ema yn ei hoff gadair esmwyth yn y lolfa yn gwylio *The Chase* ar y teledu. Roedd ganddo dipyn o her o'i flaen.

"Prynhawn da. Fi gatre," meddai mewn llais anarferol o hapus.

"Beth sy'n digwydd, Gwilym? Fi'n ofnadw o ypsét. Ble ti 'di bod y tro 'ma? Pam 'yt ti gatre mor gynnar? Ma Maldwyn Morris wedi bod ar y ffôn yn gweud dy fod ti heb fod yn y gwaith heddi o gwbl. Fi'n moyn gwbod nawr ble ti 'di bod a fi moyn i ti weud y gwir, neu fi'n mynd o 'ma. Fi wedi ca'l digon, Gwilym. Odyt ti 'di ca'l *breakdown?*"

Doedd Ema, mewn gwirionedd, ddim yn ypsét, ond

roedd yn gyfarwydd iawn â chwarae rôl y wraig barchus – a dyna sut y bydde gwraig barchus yn ymddwyn.

Ysgydwodd y cwestiwn olaf ychydig ar Gwilym. Roedd wedi paratoi esboniad i Ema, ond heb ystyried y posibilrwydd ei fod yn cael *breakdown*.

"Heb feddwl am 'na, ond fi'n credu bod *breakdown* yn bosibilrwydd. Fi wedi bod yn meddwl beth sy'n digwydd i fi, ond ma fe'n fwy fel dihuno, yn hytrach na cholli gafel ar bethe."

A dyna fe, agorodd Ema y tapiau a dechreuodd y dagrau lifo unwaith eto. Penderfynodd Gwilym geisio anwybyddu'r llefen y tro yma ac aeth ati i draethu.

"Ema, cariad..."

"Paid ti â blydi 'ngalw i'n 'cariad'. Gei di 'cariad' yn dy blydi clust mewn muned," meddai cyn claddu ei phen mewn clustog.

Anwybyddodd Gwilym ei geiriau a'i sterics.

"Ema plis, jyst gwranda, wnei di. Odyt ti'n cofio 1981, a ni'n dou yn mynd i weld y Jam yn Gaerdydd?"

"Beth sy 'da hwnnw i wneud â'r ffaith bo ti 'di bod yn cwato pethe wrtha i a bod ti heb fynd i'r gwaith? Fi'n moyn gwbod ble ti 'di bod, nawr, y funed 'ma!"

"Jest ateb fi, plis. Odyt ti'n cofio'r gig?"

"Odw, wrth gwrs, ond..."

"Odyt ti'n cofio sut aethon ni i'r gig?"

"Odw, wrth gwrs – ar gefen dy sgwter di."

"Ie... a fi heb weud hyn wrtho ti o'r bla'n, ond honna oedd noson ore 'mywyd i. Mynd i weld Paul Weller ar 'i ore, gyda merch berta Ceredigion ar gefen y Lambretta

GP 150 – wedi ei beintio yn lliwiau'r ddraig goch. A ga i weud wrtho ti nawr Ema, roedd dy ben-ôl di yn edrych yn ffantastig ar gefen y sgwter."

Tawelodd Ema ychydig. Roedd bob amser yn hoff o dderbyn sylwadau bach yn ei chanmol; ac roedd honno'n noson wych, wedi'r cwbl. Penderfynodd Gwilym achub ar y cyfle i esbonio'i gynllun.

"Fi wedi ca'l digon ar y swydd, Ema. A dweud y gwir, fi'n casáu'r swydd. 'Sneb yn falch o 'ngweld i, ma pawb yn ofni beirniadaeth gyhoeddus, a fi sy'n creu y strès a'r diflastod yn 'u bywyde nhw. Fi'n ffili neud hyn rhagor. Fi wedi ca'l llond bola ar y gwaith. Fi'n moyn gadel."

Lledodd tawelwch a daeth rhyw deimlad o lonyddwch dros yr ystafell. Stopiodd Ema grio. Hi oedd y cyntaf i dorri ar y tawelwch.

"Pam na fyddet ti wedi gweud hyn yn gynt wrtha i? Ti wedi bod yn ymddwyn yn od ers misoedd. Wyt ti wedi bod yn teimlo'n isel?"

"Do, fi wedi bod yn isel, ond ddim mor isel â'r pŵr dabs hynny rwy i wedi eu labeli fel 'athrawon annigonol' dros y blynyddoedd. Mae'r system yn annheg, Ema, a fi'n ffili gneud y gwaith erbyn hyn. O'n i'n ffili gweud, achos bo ti'n mwynhau'r ffordd o fyw ma'r swydd yn ei roi i ni. Yr holl foethusrwydd ry'n ni'n llwyddo i'w brynu, ond fi ddim yn moyn y fath 'na o fywyd bellach. Sa i'n moyn y blydi oergell, na'r blydi car, na'r blydi peiriant coffi sydd yn rhy gymhleth i fi ei ddefnyddio."

Lled chwerthodd Ema. Roedd hi wedi sylwi bod ei gŵr yn cael anhawster wrth drafod y teclynnau drud oedd yn y tŷ. Meddalodd agwedd Ema at ei gŵr. Newidiodd o fod yn grac i deimlo cydymdeimlad tuag ato.

"Ond paid â becso. 'Smo fi'n mynd i fod 'ma gyda ti yn ystod y dydd. Ma 'da fi gynllun."

"Ocê, rwy'n gwrando."

"Fe fydd Mr. Beynon, Pennaeth Ysgol Bro Copor, yn 'y nisgwyl i yn ei swyddfa prynhawn fory i adrodd, ar lafar, beth yw darganfyddiadau'r arolwg. Fi'n mynd i'w weld e, y peth cynta bore fory, a gofyn iddo am swydd. Wneith unrhyw beth y tro – cyflenwi, neu ddysgu'r Bac, unrhyw beth. Fi'n moyn mynd 'nôl i fod yn athro. Ma'r ysgol yn wych, gyda phennaeth cadarn a staff ardderchog, a mae'r plant yn rwff ond yn hyfryd. Bydden i wrth 'y modd yn dysgu yn Bro Copor a ma gyda fi lwyth o syniade i'w rhannu gyda Mr. Beynon. Gallen i helpu fe gydag arolygon yn y dyfodol a helpu fe gyda'r hŵps sydd rhaid neidio drwyddyn nhw a nodi pa flyche bydd yn rhaid iddo fe eu ticio. Mae'n bryd i fi neud rhywbeth adeiladol nawr. Beth ti'n meddwl, blodyn?"

"Wel, fi'n credu bod hi bach yn hwyr i ti alw fi'n 'blodyn', ond os taw dyna sydd yn mynd i neud ti'n hapus… Er 'sa i'n deall pam ti wedi cuddio'r holl deimlade 'ma oddi wrtha i. Bydden i wedi dy helpu di i ddefnyddio'r peiriant coffi, taset ti ond wedi gofyn i fi."

Gwenodd ar ei gŵr. Gwenodd Gwilym yn ôl. Roedd pethe'n gwella. Amser i gael y maen i'r wal, meddyliodd.

"O ie, ma un peth arall."

"Oes?"

"Wel fel hyn mae hi. Man a man i fi weud y cwbl wrtho

ti nawr. Fi wedi gwerthu'r BMW ac wedi prynu sgwter mewn garej yn Llansamlet."

"Beth?!" gwaeddodd Ema mewn anghrediniaeth lwyr.

"Vespa tro 'ma. Yn anffodus smo nhw'n neud Lambrettas rhagor, ond mae e'n frand Eidalaidd a ma nhw wedi cadw'r un siâp â'r rhai gwreiddiol."

"Blydi hel, Gwilym. Faint gest di am y BMW?"

"Wel, ges i bach o lwc, roedd y gyrrwr tacsi yn adnabod y *salesman* ac roedd yn fodlon derbyn y BM am Vespa newydd sbon."

"Lwc?! Dim lwc o'dd hwnna, y slej. Ma'r BMW yn werth tri sgwter newydd. O Gwilym!"

"Ocê, fi'n gwbod, ond 'sda fi gynnig i'r BMW – car y bwli, a smo fi'n moyn bod yn fwli rhagor. Fi'n moyn bod yn *Mod* 'to. Hen *Mod* fi'n gwbod, ond ma Paul Weller yn dal i ganu, so galla i ga'l sgwter. Pam lai? Ti'n mynd i edrych yn grêt ar 'i gefen e, yn dyla'n sownd yndda i."

"Ma pedwar deg o flynyddoedd erbyn hyn, ers i fi fod ar sgwter gyda ti Mr. Cyn-Arolygwr. Sa i'n credu bydda i'n galler mystyn y breichie 'ma rownd dy wast di, erbyn hyn."

Chwerthodd y ddau hen *Mod*. Roedd Gwilym wrth ei fodd yn cael ei alw'n 'Gyn-Arolygwr'.

"O ie, un peth arall o'n i moyn gweud wrtho ti."

"Beth?" atebodd Ema, a hithau'n dechrau mwynhau'r sgwrs erbyn hyn.

"*Sex on the beach.*"

"Beth!?" atebodd Ema mewn syndod y tro hwn.

"*Sex on the beach*. Fi'n moyn *sex on the beach*," meddai Gwilym am yr eildro.

"Ni wedi cytuno bo ni ddim yn yfed yn ystod yr wythnos, Gwilym. Ti'n gwbod beth ma nhw'n ddweud am y nifer o unedau alcohol sydd yn saff. Fi'n ddigon bodlon trial yfed coctels gyda ti, os mai dyna'r ffordd ymlaen, ond dim yn ystod yr wythnos."

"Smo ti'n gwrando, Ema. Ti'n cofio 'nôl yn 1981 – gig y Jam. Ti'n cofio ble aethon ni ar ôl y gig, ar y sgwter? Ti'n cofio ni'n mynd am sbin i gyfeiriad Porthcawl ar y ffordd gatre – Southerndown i fod yn fanwl gywir. Ti'n cofio..."

"Stop, stopa fyn'na Gwilym. Ti'n neud i fi gochi. Ro'n i'n ifanc ac yn ddwl adeg 'ny. Ni'n ganol oed ac yn barchus erbyn hyn. Un cam ar y tro, plis. Fi wedi gorfod derbyn dy fod ti'n gadel dy swydd ac wedi gwerthu dy gar neis yn barod. Ble ti'n moyn mynd i neud e, beth bynnag? Llansteffan neu falle Aberafon fel bod hanner poblogaeth Port Talbot yn gallu'n gweld ni wrthi?"

Chwerthodd y ddau. Roedd Ema'n edrych yn hyfryd.

"Ocê, ocê, un cam yn rhy bell; ond o leia smo ti'n grac gyda fi rhagor."

"Na, smo fi'n grac gyda ti rhagor Mr. Cyn-Arolygwr. Ni wedi gwastraffu blynyddoedd yn cuddio'n teimlade yn hytrach na'u rhannu nhw. Ond gwranda, Mr. Cyn-Arolygwr... ma digon o amser 'da ni gan fod Cadi Haf ar ei gwylie. 'Sdim rhaid cael traeth, o's e?"

Cydiodd Ema yn llaw Gwilym a'i lusgo ati yn araf bach. Ar ôl blynyddoedd o briodas, roedd Gwilym yn gwybod

yn iawn beth oedd arwyddocâd hyn. Roedd rhan gyntaf
y cynllun wedi gweithio, ac roedd bywyd yn dechrau
gwella.

Maldwyn Morris 7pm

"Mam, Mam, fi gatre. Chredwch chi ddim beth ddigwyddodd heddi. Ma fe wedi mynd yn rhy bell tro 'ma."

Daeth Hefina mas o'r gegin yn gwisgo'i ffedog goginio las golau.

"Stedda 'machgen glân i a gwed wrth dy fam beth sy'n bod."

"Dda'th e, Puw, ddim i'r ysgol heddi. Buodd yn rhaid i fi ffonio Ema, ei wraig, i weld a o'dd e'n dost, ond do'dd hi, druan, ddim yn gwbod ble yn y byd o'dd e. Buodd rhaid i fi a Ms. Evans wneud y cwbl 'to heddi. Fi wedi ca'l digon ar y bòs, Mam. Ma 'want arna i 'i reportio fe."

Meddyliodd ei fam am ychydig, cyn cynnig gair o gyngor i'w mab.

"Swnio i fi fel petai Mr. Puw yn ca'l rhyw fath o *breakdown*. Ga'th dy dad un o rheina, t'wel. Mae'n digwydd i ddynion yn 'u pumdege. Dim cymaint i fenywod, achos falle 'u bod nhw'n rhy fishi. Nawr, ma bach o gawl 'da fi i ti. Bydd e hanner awr cyn dod yn barod, os yw hwnna'n dy siwto di."

"Odi, diolch Mam. Licech chi glywed rhan o ddrafft cynta adroddiad Gorestyn ar Ysgol Bro Copor, Mam?"

"W, bydde hwnna'n lyfli, 'machgen i. Gad i fi roi'r tecyl

'mla'n, a gawn ni ddisgled fach a darn bach o d'isen tra bo ni'n aros am y cawl."

Ymhen dim daeth Hefina Morris 'nôl â dwy gwpaned o de a dau ddarn enfawr o d'isen. Sefodd Maldwyn Morris wrth ben y ford â golwg ddifrifol a phenderfynol iawn ar ei wyneb, fel crwt hyderus yn llefaru mewn Eisteddfod Gylch.

"Barod, Mam?"

"Barod, 'machgen i."

"I chi gael deall; dyma'r darn ble bydda i'n sôn am safonau... sef un o'r pump maes sydd yn yr adroddiad."

"Reitô, 'machgen i. Dechreua di pryd ti'n barod," medde Hefina wrth gydio mewn darn mawr o d'isen.

Dechreuodd Morris ddarllen ei gampwaith:

"Mae cynllun datblygu yr ysgol yn ddogfen weithredol sy'n nodi'r camau i'w cymryd er mwyn codi safonau. Mae'n nodi cyfrifoldebau'r staff a'r gofynion cyllidol yn glir, ynghyd â meini prawf mesuradwy. Fodd bynnag, nodir gormod o dargedau, ac o ganlyniad nid yw prif flaenoriaethau'r ysgol yn hollol glir i'r holl randdeiliaid, nac yn ddigon miniog i allu mesur y cynnydd a wnaed yn ddigon effeithiol.

Dyfarniad Gorestyn – 'Boddhaol ac angen gwelliant'."

Oedodd Maldwyn Morris wedi'r paragraff agoriadol.

"Wel, beth i chi'n meddwl te, Mam?"

"Ww... ma fe'n swnio'n biwtiffwl! Ti mor glefer. Bydde dy dad, druan, mor browd ohonot ti."

"Diolch, Mam. Dim ond y paragraff cyntaf yw hwnna, cofiwch. Mewn un maes mas o dri. Fe fydd y ddogfen orffenedig yn rhyw bymtheg tudalen yn y diwedd, a cha i ddim help o gwbwl oddi wrth Puw i'w hysgrifennu."

Eisteddodd Maldwyn Morris a chymryd llwnc o de.

"Odi wir. Biwtiffwl. Gwed wrtha i nawr, 'machgen i, beth ma fe'n meddwl?"

Pesychodd Maldwyn wrth glywed sylw anffodus ei fam.

"Mam fach, ma fe'n meddwl fod arweinyddiaeth a rheolaeth yr ysgol yn dangos nodweddion cryf, er y gall fod angen gwella mân agweddau. Cryfderau'n gorbwyso gwendidau, ond agweddau pwysig y mae angen eu gwella."

"O, fi'n gweld. Ond o'dd e bach yn rhy gymhleth i fi, t'wel."

Roedd Hefina Morris wedi dysgu peidio â chwestiynu gormod am waith pwysig ei mab. Bu wastad yn ymwybodol o deimladau'r mab a byddai bob amser yn ofalus wrth drafod, fel y bydd hi wrth bilo wye.

"Gwed wrtha i nawr 'te, beth yw ystyr y gair mireinio. Ti fel 'se ti'n defnyddio hwnna lot yn dy adroddiade."

"Mam fach, ma pawb yn gwybod beth yw mireinio."

"Odyn, wrth gwrs. Beth am miniogi te 'machgen i?"

"Miniogi yw gwneud yn fwy miniog, Mam. Ma hwnna'n 'itha amlwg 'fyd."

"Odi. Nawr fi'n deall. Rhoi awch ar bethe, neud yn fwy siarp."

"Wel *sort of* Mam, ond ie."

"Fi'n credu bo fi'n deall nawr. Ar beth ma ishe fwy o awch 'te?"

"Y Cynllun Datblygu, Mam. Ma fe'n rhan o'r data 'wy wedi bod yn pori drwyddo ers wythnose."

"Fi'n gweld, Maldwyn; ma fe'n dda iawn gyda ti. Fi sydd ddim yn deall, t'wel."

Ymddiheurodd Hefina am yr eildro am ei diffyg dealltwriaeth, cyn ychwanegu,

"Gwed nawr, odi'r plant i'w weld yn hapus yn yr ysgol?"

"O, odyn – ma awyrgylch da yn Ysgol Bro Copor."

"Da iawn, neis clywed. Odyn nhw i gyd yn mynd i'r ysgol yn rheolaidd?"

"O, odyn – ma presenoldeb Ysgol Bro Copor yn 92%."

"A shwd ma canlyniade'r ysgol, gwed?"

"O, ma nhw'n cymharu'n dda gyda'r ysgolion eraill sy yn y clwstwr, er iddyn nhw gael gostyngiad bach yno y llynedd."

"Fi'n gweld… Ma hi'n ysgol hapus, lle ma'r disgyblion ishe mynd iddi, a ma nhw'n pasio eu ecsáms."

"Ma hwnna'n wir, Mam, ond yn rhy syml. Ma adroddiad Gorestyn yn edrych ar dipyn fwy na beth chi newydd 'i weud. Rhaid rhoi dyfarniad ar sawl agwedd o'r ysgol."

"O's, o's. Fi'n deall. Ma ishe lot fwy o fireinio a miniogi arnyn nhw. Nawr te, hoffet ti bach o gaws gyda dy gawl?"

"Iawn. Diolch, Mami."

Dydd Iau: 25 / 1 / 2015
Digon yw Digon

Neidiodd Gwilym i mewn i'r BMW am y tro olaf. Roedd hi'n 7:15 ar fore Iau, ac yntau ar ben ei ddigon – gan fod Ema, ware teg iddi, wedi codi i wneud coffi a thost iddo. Ystyriai ei hun yn ddyn lwcus am fod rhan gyntaf ei gynllun wedi gweithio. Roedd yn barod nawr i weithredu'r ail ran. Tasg gyntaf y dydd oedd cysylltu gyda Maldwyn Morris. Galwodd y dirprwy ffyddlon wrth yrru ar yr A40 i gyfeiriad Cross Hands...

"Maldwyn. Bore da."

"Gwilym, o'r diwedd. Fi wedi bod yn trial cysylltu. Odi popeth yn iawn? Wnaeth Ema ddweud 'mod i wedi ffonio?"

"Do, diolch Maldwyn, a diolch am dy gonsýrn. Gwnaeth Ema esbonio dy fod yn gofidio amdana i."

"Fi yn, Gwilym. Ble'r oeddech chi ddoe? Roedd yn rhaid i fi weithio'n hwyr, tan hanner nos, neithiwr, yn craffu ar eich llyfrau chi."

"Mae'n wir ddrwg 'da fi, Maldwyn, ond alla i ddim craffu rhagor. Fi wedi cwpla craffu. Fi wedi ca'l digon o graffu i bara am oes... Fi wedi ca'l *breakdown,* ti'n gweld."

Aeth y ffôn yn ddistaw am ychydig eiliadau wrth i Maldwyn brosesu'r newyddion syfrdanol.

"Flin iawn i glywed am y *breakdown*, Gwilym. Odych chi wedi bod i weld doctor?"

"Jiw, na. Fi'n joio fe. Hwn yw'r peth gore sydd erio'd wedi digwydd i fi. Fi wrth 'y modd. Beth yw darganfyddiad Yr Arolwg? Sori bo fi heb fod lot o help i ddod o hyd i gasgliade."

"Mae Gorestyn yn argymell bod yr ysgol yn derbyn canfyddiad 'Boddhaol' yn unig, gyda nifer o feysydd i wella. Fe fydd yna nifer o feysydd i'w datblygu yn yr adroddiad. Ni'n argymell ymweliad bob chwech mis gan Gorestyn i fonitro'r sefyllfa."

"Bachan, nonsens llwyr. Mae hi'n ysgol wych. Ma nhw'n ware rygbi yn Gymraeg, ma'r gwasanaethe fel cyfarfodydd teuluol ac mae'r athro ffiseg yn gwneud rocedi ac..."

Fe dorrodd Maldwyn ar draws Gwilym wrth iddo barablu yn ei dymer.

"Fel y dwedoch chi, Gwilym, chi ddim wedi bod yn cyfrannu rhyw lawer at Yr Arolwg. Dyma beth yw casgliadau tîm Gorestyn, a dyma fydd yr adroddiad yn ei ddweud. Fel ry'ch chi'n gwybod, yr adroddiad yw'r gair terfynol, a does dim lle i gwestiynu'r adroddiad. Byddwn yn cyfarfod y pennaeth y prynhawn yma i roi adborth ac i dorri'r newydd. Bydd disgwyl i chi fod yno, Gwilym."

Roedd llais Maldwyn yn oeraidd ac yn broffesiynol.

"Wel, fydda i ddim yno, Maldwyn. Fi'n mynd ag Ema mas am sbin ar y sgwter newydd prynhawn yma. Ma hi wedi dwli ar y syniad 'i bod hi'n ca'l mynd ar y sgwter 'to. Ac, o ie, 'wy wedi ymddiswyddo o fod yn Arolygwr. Fe wnes i ddrafftio neges e-bost y bore 'ma. Fe fydd rhaid i ti, fel dirprwy, gymryd yr awenau ac adrodd 'nôl i'r Pennaeth. Rwy'n hollol argyhoeddedig bod tîm Gorestyn mewn dwylo da, er bod y casgliade yn hollol anghywir yn 'y marn i. Diolch i ti Maldwyn, a phob lwc."

Diffoddodd Gwilym y ffôn cyn bod Maldwyn yn gallu ymateb. Troed ar y sbardun nawr. Roedd yn rhaid iddo fe weld y pennaeth yn syth, cyn y bydde Maldwyn yn yr ysgol i roi ei adroddiad. Cyrhaeddodd Gwilym swyddfa'r pennaeth am 7:55. Roedd e wedi bod yn ei swyddfa ers 6:30 yn disgwyl y newyddion drwg. Cnociodd Gwilym ar y drws. Arhosodd am y "dewch mewn".

Cymysgedd o sioc a siom oedd ar wyneb y pennaeth wrth i Gwilym gerdded i mewn. Roedd yn disgwyl newyddion gwael, ond ddim tan yn hwyrach yn y prynhawn. Roedd 7:55 braidd yn gynnar i Gorestyn fod yn saethu bwledi.

"Bore da," meddai Gwilym. "Chi'n edrych yn betrusgar, Mr. Beynon. 'Sdim byd i boeni amdano, wir."

Ddywedodd y prifathro ddim gair, rhag ofn mai tacteg newydd oedd hon i drial cael y pennaeth i ddatgelu rhyw gyfrinach anffodus cyn yr adroddiad terfynol. Rhyw fath o *'good cop, bad cop'* o dacteg. Penderfynodd y pennaeth felly i beidio â dweud gair, ac roedd yn barod i dderbyn beirniadaeth a bwledi.

"Diolch am adael fi i mewn am sgwrs gyda chi, Mr. Beynon. Peidiwch ag ofni, plis. 'Dyw hyn ddim yn rhan o'r arolwg. Bydd Maldwyn Morris yn cyfarfod â chi prynhawn yma ynglŷn â'r arolwg. Jest, gwrandewch am funud ar beth sydd 'da fi i'w ddweud, plis."

"Iawn, beth sy 'da chi i'w ddweud, 'te?" meddai'r pennaeth yn gadarn, er ei fod yn dal yn amheus o'r arolygwr.

"Mr. Beynon, rwy'n casáu 'y ngwaith. 'Sneb yn moyn 'y ngweld i'n ymweld â'u hysgol nhw. Ma ymweliad wrtha i'n rhywbeth i'w osgoi. Ma derbyn yr amlen frown, sy'n nodi bod arolwg ar y ffordd, yn codi arswyd. Fi wedi creu diflastod i nifer o athrawon, Mr. Beynon. Wel, ma hwnna wedi gorffen heddi, Mr. Beynon, achos rwyf i wedi ymddiswyddo. Mae'r e-bost swyddogol wedi cael ei anfon. Fi wedi dweud wrth Mr. Maldwyn Morris am 'y mhenderfyniad i. Maldwyn Morris fydd yn cyfarfod â chi yn hwyrach, nid fi."

Roedd wyneb y pennaeth yn dangos ei fod mewn penbleth llwyr. Siaradodd, felly, yn araf ac yn bwyllog – a'r olwg ar ei wyneb yn adlewyrchu'r sioc a gawsai. Nid dyma'r math o ddatganiad a ddisgwyliai yn dilyn arolwg.

"Os y'ch chi wedi ymddiswyddo, Mr. Puw, ga i ofyn pam y'ch chi wedi dod i'm gweld i cyn wyth y bore ar ddiwrnod olaf wythnos arolwg?"

"I weud wrtho chi shwd 'wy'n teimlo, Mr. Beynon. Mae hon yn ysgol wych, beth bynnag fydd Gorestyn yn ei ddweud y prynhawn 'ma. Rwyf wedi gweld eich perfformiad chi yn y gwasanaeth, a sylwi bod y disgyblion yn gwrando ar bob gair. Roeddech chi fel un teulu mawr. Fi wedi gweld Daf Thomas, yr athro ymarfer corff sydd wedi dysgu'r bechgyn i ware rygbi drwy gyfrwng y

Gymraeg – enghraifft dda o'r iaith ar waith. Fe fydd plant bach Blwyddyn Saith yn fwy parod i ddilyn y bois rygbi hŷn o ran defnyddio'r Gymraeg na fyddan nhw wrth wrando ar orchymyn athro. Fi wedi gweld yr athro ffiseg, Roni Hicks yn dangos i'w ddisgyblion sut i adeiladu rocedi mas o boteli plastig. Ffordd arbennig i ysbrydoli disgyblion. Ma fe yn athro sy'n gallu ysbrydoli, fel y gall nifer o staff eraill, siŵr o fod."

Roedd Gwilym yn ymwybodol ei fod yn parablu ac yn siarad yn rhy gloi, ond rhaid cofio bod yna flynyddoedd o rwystredigaeth yn llifo o'i enau.

"A pheth arall, Mr. Beynon; mae'r ardal yma'n anhygoel. Y cwm arweiniodd y chwyldro diwydiannol yn Ne Cymru. Y cwm a fu'n gyfrifol am gyflenwi holl gopor y byd yn y ddeunawfed ganrif. Fan hyn, Mr. Beynon; meddyliwch. A beth am y dalgylch Mr. Evans: Pentrechwith, Pentre Gaseg, Winch Wen, Llansamlet, Llwynbrwydrau – enwau Cymraeg mewn ardal a fu'n uniaith Gymraeg, ar un adeg. Allwch chi ddychmygu sut le oedd yma? Yr holl hanes, yr etifeddiaeth, yr holl ddeunydd cyfoethog addysgiadol ar stepen eich drws. Beth am i ni fynd 'nôl a dysgu am hanes ein hardaloedd unigryw fel bod y disgyblion yn deall pwy ydyn nhw, deall eu gwreiddiau, deall eu hache? Beth am i ni fynd 'nôl a dysgu am ddiwylliant unigryw yr holl ardaloedd ac etifeddiaeth y disgyblion?"

Er bod y pennaeth yn gwrando'n astud, ni ymddangosai unrhyw emosiwn ar ei wyneb wrth wrando ar berorasiwn Gwilym. Ar ôl blynyddoedd o rwystredigaeth, daeth y syniadau – a fu'n guddiedig cyhyd – i'r amlwg. Siaradai Gwilym gydag angerdd yn ei lais.

"A pheth arall, Mr. Beynon; tafodiaith yr ardal. Fi wedi darganfod dyn lleol sydd yn wilia ac yn defnyddio'r hen dafodiaith. Meddyliwch, cysylltiad uniongyrchol â'r gorffennol. Yr iaith lafar liwgar heb ei llygru gan ormodedd o ddylanwad yr iaith Saesneg. Tafodiaith sydd mor hyfryd i'r glust ac sydd yn fyw ac yn iach lai na milltir o ble ni'n eistedd nawr. Meddyliwch sut y gall y disgyblion ymelwa drwy siarad gyda'r fath gymeriad. Byddai'n brofiad amhrisiadwy. Beth am i ni fynd 'nôl i ddysgu geiriau tafodieithol yn ein hysgolion Cymraeg, Mr. Beynon? Tafodiaith bert Sir Benfro yng ngwlad y wês, wês yng Nghrymych; geirfa'r chwarelwr ym Methesda; caleti'r cytseiniaid yn y Cymoedd. Rhaid i ni gadw'r tafodieithoedd hyn yn fyw, Mr. Beynon – iaith amryliw yn hytrach nag iaith lwydaidd safonol yr academwyr."

Daliai Mr. Beynon i wrando, ond wnaeth e ddim ymateb. Roedd ei ymennydd, er hynny, yn troelli – yn ceisio prosesu'r don o syniadau a oedd yn byrlymu o enau Gwilym. Roedd Gwilym wedi codi stêm erbyn hyn.

"A pheth arall, Mr. Beynon – disgyblaeth. Mae'n rhaid cael disgyblaeth a threfn 'nôl yn ein hysgolion ni. Rhaid cadw cefn a chefnogi yr athro, neu fydd 'na neb ar ôl sydd am addysgu. Fi'n cytuno gyda rhoi llais i ddisgyblion, ond nid yw hyn yn golygu bod 'da nhw'r hawl i ymddwyn yn ddi-wardd. Ma'r ddisgyblaeth hon gyda chi Mr. Beynon. Pan y'ch chi'n codi'r llaw dde 'na, mae pawb yn tawelu'n syth. Mae'n amhosib dysgu y grefft yna, Mr. Beynon. A pheth arall... beth am y canu boreol? Ma gyda chi athrawes gerdd arbennig, sydd yn llwyddo i gael y plant i ganu. Hollol anhygoel yn yr oes sydd ohoni, er bod yr emynau modern 'ma'n ofnadwy. Dychmygwch y canu pe bai disgyblion bach Cwm Tawe yn morio 'I Bob Un sy'n Ffyddlon', neu 'Sanctaidd'. A pheth arall, beth...

Cododd Mr. Beynon ei law dde, yn gwmws fel y gwnaeth yn y gwasanaeth, ac fe dawelodd Gwilym yn union fel y gwnaeth y disgyblion yn y ffreutur.

"Digon, Mr. Puw. Digon yw digon. Stopiwch nawr, plis."

Roedd y berorasiwn yn ormod i'r pennaeth ifanc; gormod o wybodaeth i'w brosesu ar unwaith.

"Fi'n gallu gweld eich bod wedi'ch ysbrydoli gan yr ysgol, ac rwy'n falch iawn o hynny. Rwy'n deall hefyd eich bod wedi cael digon ar yr yrfa fel arolygwr, ond byddwch yn deall fy mod i braidd yn amheus o'ch cymhelliant, gan fy mod yn disgwyl adroddiad yn yr adborth llafar yn hwyrach yn y dydd. Hoffwn i gael ychydig o eglurhad ac esboniad o beth ry'ch chi ei angen oddi wrtha i. Pam ar wyneb y ddaear wnaethoch chi ddod i mewn i fy swyddfa cyn wyth y bore i ddweud wrtha i am eich penderfyniad i ymddiswyddo?"

"Hoffwn gael y cyfle i weithio yma, Mr. Beynon. Hoffwn wneud cais am swydd yn Ysgol Bro Copor."

Unwaith eto, ymddangosodd anghrediniaeth ar wyneb y prifathro. Arweinydd y tîm arolygu, ar ddiwrnod y dyfarniad, yn esbonio ei fod yn ymddiswyddo – ar ôl colli ei ffydd yn ei waith – a nawr yn gofyn am swydd yn yr ysgol roedd e i fod i'w harolygu. Atebodd Mr. Beynon yn araf a synhwyrol, rhag ofn y byddai 'na ragor o ddatganiadau ysgytwol gan y cyn-arolygydd.

"Ond does dim swyddi ar gael fan hyn, Mr. Puw. Nid yw'r ysgol yn chwilio am staff addysgu ar hyn o bryd, ac i fod yn onest, mae'r cyfarfod yma wedi bod yn dipyn o sioc i mi. Y peth diwethaf roeddwn i'n ei ddisgwyl y bore 'ma oedd cael arweinydd y tîm arolygu yn gofyn i fi am swydd."

"Deall yn iawn, Mr. Beynon. Roeddech yn disgwyl adroddiad o adborth gan arolygydd ysgolion, ac yn lle hynny, clywsoch ddatganiadau gan ddyn canol oed – sy wedi dioddef rhyw fath o *breakdown* – yn colbo'r system arolygu ac yn holi am swydd," meddai Gwilym yn dawelach.

"Yn gwmws."

Taflodd Beynon ei ddwylo i'r awyr gan ddangos emosiwn am y tro cyntaf yn y sgwrs.

"Maddeuwch i fi, Mr. Beynon. 'Wy'n deall fod hwn yn lot o wybodaeth i'w brosesu'r bore 'ma – a Duw a ŵyr, ma gyda chi ddigon ar eich plât – ond wy'n fodlon neud unrhyw beth. Athro cyflenwi neu athro dros dro i gyflwyno'r Bac... unrhyw beth. Os bydd yna fwlch, Mr. Beynon, rwy'n credu y galla i wneud cyfraniad i Ysgol Bro Copor."

"O'r gore, Mr. Puw. Gadewch i fi wynebu adroddiad yr arolwg yn gynta ac fe wna i gysylltu â chi wythnos nesaf. Fydd hynny'n iawn, Mr. Puw?"

"Bydd, reit i wala. Diolch," atebodd Gwilym, yn nhafodiaith y cwm.

Daeth teimlad o orfoledd dros Gwilym. Roedd wedi gwneud y naid fawr, y cam mawr i mewn i'r tywyllwch. Y cam o adael bywyd o sicrwydd a chyfoeth i fywyd o ansicrwydd a'r rheidrwydd i dorri'r got yn ôl y brethyn, ond roedd yn gwybod mai dyma oedd y penderfyniad cywir i'w wneud.

"Cyn ichi fynd... Jest i gadarnhau, fyddwch chi ddim, felly, yn y cyfarfod adborth ar lafar?"

"Na fydda, Mr. Beynon. Rwy'n mynd i gasglu sgwter newydd a brynes i ddoe. Ond ga i ddweud yn hollol ddidwyll bod hon yn ysgol ardderchog, beth bynnag fydd y dyfarniad swyddogol."

"Iawn, Mr. Puw, wrth gwrs. Prynu sgwter. Dyna'r ateb amlwg. Chi'n fachan diddorol a chymhleth, Mr. Puw."

Gwenodd y pennaeth o'r diwedd.

Ema: 10am

A GORODD EMA Y gliniadur cudd a dechrau ysgrifennu.
'Roedd yn fore oer o Dachwedd yng Nghaerfyrddin wrth i'r ficer ifanc agor drws yr eglwys i groesawu'r digartref i gynhesrwydd y neuadd am baned o de i dwymo. Y Ficer golygus a'i wirfoddolwyr oedd yno, wedi rhoi o'u hamser i helpu'r rhai hynny sy'n gorfod cysgu mas ar y strydoedd drwy'r gaeaf. Gwnaethant yn siŵr fod croeso twymgalon yno iddynt, yn ogystal â bod brecwast twym ar gael yn ddi-amod i bawb yn Cegin Gynnes.'

Caeodd y gliniadur yn sydyn unwaith eto. Pam ar wyneb y ddaear roedd hi'n teimlo'n euog wrth ysgrifennu stori fer am y gwasanaeth elusennol yn yr eglwys lle roedd hi'n gwirfoddoli? Beth allai fod yn fwy diniwed a chyfiawn na bod o gymorth mewn cegin oedd yn bwydo'r digartref?

Darllenodd y paragraff agoriadol unwaith eto a sylweddoli beth oedd gwraidd yr euogrwydd. Sylweddolodd ei bod wedi disgrifio Graham y Ficer fel dyn ifanc, golygus – a dyna oedd y broblem. Dyna'n union sut yr edrychai hi ar y dyn. Yn amlwg, doedd dim byd wedi digwydd rhyngddyn nhw, ond roedd y teimladau yn real. Ar ôl blynyddoedd o fod yn gaeth i fywyd parchus a di-fflach, roedd wedi darganfod Graham – dyn gonest, dyn Duwiol, dyn y gweithredoedd da, a oedd yn digwydd bod yn ddyn golygus hefyd.

Doedd ond un peth i'w wneud. Byddai'n rhaid iddi ddweud wrth Gwilym am ei bywyd cudd. Bu ei gŵr annwyl yn ddigon gonest i ddweud wrthi hi am y rhwystredigaeth a deimlai yn ei swydd, ac yn ddigon dewr i benderfynu newid trywydd ei yrfa yn llwyr. Roedd yn dal mewn cariad â'i gŵr ac felly datgelu'r cwbl oedd yr unig gwrs derbyniol. Byddai'n rhaid iddi ddweud wrth Gwilym yfory ar ôl gorffen y stori fer, gan obeithio y bydde fe'n deall.

Ailgydiodd yn y gliniadur a dechrau teipio wrth i'r stori lifo.

Maldwyn Morris: 2pm

Cnociodd Maldwyn yn galed ar ddrws derw Mr. Beynon y prifathro.

"Dewch i mewn."

Aeth Maldwyn Morris i mewn yn gyflym ac yn awdurdodol i'w ystafell ac estyn llaw i Mr. Beynon, er o'r braidd roedd wedi cael cyfle i godi o'i sedd.

"Pnawn da," cyfarchodd y ddau ei gilydd wrth ysgwyd llaw. Beynon oedd biau'r fantais fan hyn, gan fod ei ddwylo yn fwy na rhai Morris ac yn gryfach o lawer. Rhyddhaodd Morris ei law yn gyflym cyn i Beynon gael y cyfle i'w gwasgu'n dynnach ac atgyfnerthu ei fantais corfforol dros yr arolygwr. Eisteddodd Morris, a chychwyn ar y broses o gyflwyno ei adborth llafar.

"Mr. Beynon. Ga i ddiolch yn gyntaf i chi am y ffordd broffesiynol yr ydych chi, a holl staff Bro Copor, wedi ymddwyn yn ystod yr wythnos yma. Yr ydym ni, arolygwyr Gorestyn yn gwerthfawrogi nad yw arolwg yn broses hawdd, na phob amser yn ddymunol. Mae yna awyrgylch hapus iawn yn yr ysgol ac mae hynny, yn rhannol, i'w briodoli i'r arweiniad a'r gefnogaeth yr ydych chi yn eu rhoi fel pennaeth."

"Diolch yn fawr," atebodd Beynon, gan wybod yn iawn

mai hwn oedd y siwgr ar y bilsen – y tawelwch cyn y storom.

"Ga i ofyn i chi, cyn cychwyn ar ein trafodaeth, a yw Mr. Gwilym Puw wedi ymweld â chi yn y swyddfa yma y bore 'ma?"

"Do."

"Ga i ofyn i chi beth yn union oedd natur y sgwrs?"

"Sgwrs gyfrinachol oedd hi, Mr. Morris. 'Dwyf i ddim mewn sefyllfa i rannu beth gafodd ei drafod, ond fe alla i ddweud wrthoch chi ei fod wedi ymddiswyddo fel arolygwr."

Nid oedd Beynon yn mynd i roi bwledi ychwanegol i Morris.

"Do, wir. Fi hefyd wedi derbyn gwybodaeth am benderfyniad Mr. Puw. Ga i ofyn te, a wnaeth Mr. Puw roddi unrhyw adborth i chi ar ddarganfyddiadau Gorestyn yr wythnos yma?"

Pwysodd Morris ymlaen yn ei gadair gan edrych i fyw llygaid Beynon. Doedd y llygaid byth yn dweud celwydd.

Roedd y sgwrs fel rownd gyntaf gornest baffio, gyda'r ddau focsiwr yn taflu ambell ddwrn diniwed, er mwyn ceisio dyfalu ble roedd gwendidau'r gwrthwynebydd. Procio. Edrychodd Beynon yn syth yn ôl i fyw llygaid Morris cyn cynnig ateb.

"Fel y dywedais i, Mr. Morris, sgwrs breifat oedd y sgwrs rhyngof i a Mr. Puw, ond fe alla i ddweud fod Mr. Puw wedi ei ysbrydoli gan yr ysgol a'r staff addysgu sydd yma."

Roedd Morris yn saff nad oedd Gwilym wedi gadael y

gath mas o'r cwd. Nid oedd Beynon damaid callach am ddyfarniad Gorestyn.

"Da iawn, Mr. Beynon. Rwy'n falch iawn o glywed fod Mr. Puw wedi ymddwyn yn broffesiynol tan ddiwedd ei yrfa fel arolygwr. A dweud y gwir, 'dyw Mr. Puw ddim wedi cymryd rhan rhy amlwg yn yr arolwg yr wythnos hon. Nawr te, dyma ddarganfyddiad Gorestyn."

Eisteddodd Beynon yn ôl yn ei gadair, gan groesi ei freichiau. Teimlai bob cyhyr yn tynhau, gan y byddai'r geiriau – oedd ar fin cael eu llefaru gan y dyn bach a eisteddai gyferbyn ag ef – yn dylanwadu ar ei holl yrfa.

"Allan o'r tri maes arolygu, Mr. Beynon, mae Gorestyn wedi penderfynu bod un yn dda a bod y ddau arall yn foddhaol – a bod lle am welliant. Mae hyn yn golygu mai 'Boddhaol, gyda rhai agweddau da' fydd y dyfarniad terfynol. Os yw o unrhyw gysur i chi, 'Dysgu ac Addysgu' yw'r maes ble mae'r ysgol yn perfformio'n dda."

Disgwyl y gwaethaf oedd meddylfryd arferol Beynon y Pennaeth, gan fod paratoi am newyddion drwg bob amser yn saffach nag optimistiaeth ffôl, ond roedd clywed y gair 'Boddhaol' yn dal yn ergyd iddo. Fel dwrn i'r stumog.

Tawelwch lletchwith ddilynodd geiriau Morris; eiliadau a deimlai fel oes i Beynon. Roedd yn benderfynol o ymddwyn yn broffesiynol ac osgoi dangos ei siom i Morris, wrth i hwnnw ymddangos yn ddigon cyfforddus wrth dorri'r newyddion drwg. Beynon, y pennaeth a dorrodd y tawelwch drwy holi.

"Beth fydd yn digwydd nesa te, Mr. Morris?"

Yn ffodus i Maldwyn Morris, roedd wedi derbyn

hyfforddiant ar sut i ddelio â chwestiynau lletchwith yn dilyn adborth. Daeth yr ateb yn syth mas o lawlyfr Gorestyn, felly.

"Fe fyddwch yn derbyn adroddiad llawn ar ddarganfyddiadau'r arolwg yn cynnwys tudalen ar gryfderau a gwendidau pob maes. Dw i eisoes wedi dechrau drafftio'r adroddiad hwn ac fe fydd gyda chi ymhen pythefnos. Fe fydd gyda chi wythnos, wedyn, i gynnig sylwadau ar yr adroddiad; ond, mae'n rhaid i fi ddweud wrthoch chi Mr. Beynon mai annhebygol iawn y gwelir unrhyw apêl yn erbyn y dyfarniad yn llwyddo. Fe all yr adroddiad gael ei addasu, ond nid y dyfarniad."

"Fi'n gweld," meddai Beynon, ac yntau'n hanner disgwyl geiriau Morris. Holodd, "Felly sut ŷn ni fod i wella ein perfformiad?"

"Fe fydd yna ddarn cynhwysfawr yn yr adroddiad yn argymell pa agweddau sydd angen sylw er mwyn gwella perfformiad yr ysgol, ac fe allwn ni ailymweld â chi mewn chwe mis i weld sut rydych chi wedi llwyddo. Ond, o ran y camau gweithredol, Mr. Beynon, wel chi sydd i benderfynu hynny. Swyddogaeth Gorestyn yw rhoi cipolwg ar safonau'r ysgol fel ag y mae. Chi yw'r pennaeth, Mr. Beynon, chi sydd â'r cyfrifoldeb o wella safonau."

Teimlai Beynon yn hollol ddigalon, wedi ei drechu gan yr arolygwr brwd.

"Chi'n dweud bod y 'Dysgu a'r Addysgu' yn dda Mr. Morris… Nage hynny yw pwrpas ysgol?"

"Un agwedd o dair yn unig, Mr. Beynon, ydyw 'Dysgu ac Addysgu'. Un o dri yn dda; dau yn foddhaol. Fe fydd yr adroddiad yn esbonio'r cyfan. Os nad oes unrhyw beth arall, Mr. Beynon, gwna i ddod â'r sgwrs a'r arolwg i ben – gan ddiolch i chi am eich croeso a'ch proffesiynoldeb."

Estynnodd Morris ei law; cododd Beynon, a'i siglo.

Wedi i Morris adael yr ystafell, eisteddodd Beynon mewn distawrwydd am ychydig eiliadau. Dechreuodd meddyliau tywyll lenwi ei ben, a theimlai'r cymylau duon yn crynhoi. Pa bwrpas, meddyliodd, gweithio mor galed ac yna derbyn dyfarniad bod yr ysgol yn perfformio yn 'Foddhaol'? Torrodd y gloch ar draws y syniadau negyddol hyn. Cofiodd ei fod ar ddyletswydd adeg egwyl pnawn, ac aeth mas i wneud ei ddyletswydd fel y gwnâi bob dydd, boed law neu hindda.

Aeth draw i'r cae gwaelod lle'r oedd torf o tua hanner cant o ddisgyblion Blwyddyn 10 wedi ymgynnull. Roni Hicks oedd yno, yn sefyll y tu ôl i dâp glas a gwyn a ddefnyddir gan yr heddlu i rybuddio'r cyhoedd i gadw draw.

Wrth iddo agosáu, sylwodd fod pump roced ar y llawr wedi eu cysylltu â rhyw fath o bwmp. Yna, clywodd Hicks yn annerch y dorf. Roedd ganddo fegaffon hen ffasiwn a wnâi sŵn gwichian uchel, yn ogystal â gneud i lais Roni Hicks swnio octef yn uwch. Roedd yn gwisgo ei got uchaf wen arferol, a'r bŵts Dr Martens yn disgleirio yn yr haul.

"Croeso i Gystadleuaeth Rocedi Blwyddyn 10, 2015. Hwn yw diwrnod Y *Big Launch*. Yma, ma'r pump roced sydd wedi cyrraedd y rownd derfynol, ac mae pob un ohonyn nhw â siawns realistig o ennill. Enwau'r rocedi sydd wedi cyrraedd y rownd derfynol yw: 'Seren Gopor',

'Gwibiwr Gail', 'Lee Trundle', 'Bwystfil Bonymaen', a 'YJB' – beth bynnag ma hwnna yn ei olygu."

Chwerthodd y dorf a oedd wedi ymgolli yng ngwefr yr achlysur a gâi ei liwio gan yr athro gwyddoniaeth poblogaidd ac unigryw hwn.

"Rhowch groeso mawr i'r beirniaid heddiw. Tri aelod o ddosbarth lefel A ffiseg. Dr Havard, Dr Price a Dr Griffiths. Nhw fydd yn beirniadu yr uchder y bydd y rocedi yn ei gyrraedd, a pha mor syth ma pob roced yn hedfan. Un cwestiwn, cyn i ni ddechrau, ddisgyblion, beth ydyn ni'n ei brofi fan hyn?"

"Trydydd rheol Newton," atebodd rhai yn y dorf.

"Beth wedoch chi?"

"Trydydd rheol Newton!" gwaeddodd y dorf.

"Diolch. Dyma ni te. Y roced gyntaf i gael ei lawnsio fydd 'Lee Trundle'."

Aeth Hicks draw at y botel gyntaf a safai wyneb i waered ar blancyn o bren. Roedd y disgyblion wedi cysylltu pêl denis wrth ei gwaelod ac wedi cysylltu adenydd o *foam* i'r ochrau. Roedd y botel yn chwarter llawn o ddŵr, corcyn yn y gwddwg ac alarch wedi ei beintio'n ofalus ar bob un adain. Gwthiodd Hicks falf nedwydd i mewn drwy'r corcyn oedd wedi ei gysylltu â phwmp beic.

Rhoddodd yr arwydd i ddisgyblion y chweched weithredu:

"Deg, naw, wyth, saith…" dechreuodd un o ddisgyblion y chweched gyfrif; a phwmpiodd Hicks yr aer i mewn i'r botel gan ddilyn rhythm y *count-down*. Cyn iddo gyrraedd rhif chwech roedd y dorf wedi ymuno yn y cyfrif. Cyn iddo gyrraedd rhif tri, saethodd y corcyn mas o waelod y botel ac fe hedfanodd y roced i'r awyr gan ollwng cawod o ddŵr wedi ei liwio'n goch ar ei ôl. Aeth y dorf yn wallgo. Cododd Hicks ei ddwylo i'r awyr; edrychodd lan gan weiddi, "Isaac Newton rocks!"

Clapiodd Beynon yn frwdfrydig â gwên yn llenwi ei wyneb. Roedd yr athro wedi llwyddo i greu theatr bur gan ddefnyddio rheol wyddonol. Gwych, meddyliodd. Aeth draw at Roni Hicks ac estyn ei law i'w longyfarch.

"Gwych Mr. Hicks, gwych iawn. Chi wedi dod â gwyddoniaeth yn fyw unwaith eto. Edrychwch ar y disgyblion yma, ma'n hw wrth eu boddau. Llongyfarchiadau yn wir i chi. Nawr, peidiwch â gadael i fi atal llif y *Big Launch*. Plis, daliwch ati."

"Diolch, bòs," atebodd Hicks. "Hoffech chi gyflwyno'r wobr i adeiladwyr y roced fuddugol?"

"Beth yw e Mr. Hicks?"

"Paced o Polo Mints oedd gyda fi yn y drâr."

Chwerthodd y ddau. Gadawodd Beynon yr athro gwyddoniaeth a cherdded at ochr arall y cae lle'r oedd Daf Thomas yn ymarfer gyda rhai o fechgyn y tîm cyntaf. Wrth iddo gyrraedd yn nes, clywodd lais Daf yn cyfarth gorchmynion ar y chwaraewyr;

"Pàs hi ! Twl hi mas ! Mas â hi ! Watsia'r llacs ! Bwr e ! 'Ware twp !"

Gwaeddodd Daf Thomas ar y bechgyn wrth weld Beynon yn agosáu;

"Ocê, hoe fach fyn'na, fechgyn. Rhaid i fi ga'l gair 'da'r prif."

"Plis peidiwch â gadael i fi darfu ar y sesiwn ymarfer, Mr. Thomas. Plis, daliwch ati."

"Mae'n iawn, w. Popeth yn iawn, bòs?"

"Na, dim a dweud y gwir, Daf. Ni wedi cael dyfarniad braidd yn siomedig oddi wrth Gorestyn, a bydda i'n gorfod gweud wrth y staff ddydd Llun."

"Beth oedd e bòs?"

"Boddhaol, gyda rhai agweddau da."

"O, fi'n gweld. Lwcus bo chi wedi gweud wrtho fi te."

"Pam?" gofynnodd Beynon mewn penbleth.

"Wel, a bod yn onest, fi byth yn 'u darllen nhw. Fi erio'd wedi darllen adroddiad Gorestyn – a fi erio'd wedi gofyn am adborth ar wers, chwaith. Fan hyn i fi fod, Mr. Beynon, mas ar y ca'; hwn yw 'nosbarth i."

Chwerthodd y pennaeth. "Itha reit, Daf, a ti'n neud jobyn gwerth chweil mas ar y ca' 'fyd. Ga i ofyn pam 'yt ti'n ymarfer gyda bechgyn y tîm cynta mor fuan ar ôl y gêm fawr yn erbyn Treforys?"

"Wel, gollon ni, fel chi'n gwbod... a gofynnodd y bois i fi am gwpwl o sesiynau ychwanegol i gael gwared ar rai o'r camgymeriadau mwyaf wnaethon ni pwy ddiwrnod. Ysgol yr Yrfa sydd wythnos nesaf, a ma nhw wostod yn dda."

"Wrth gwrs. 'Whare teg i ti, Daf. Pob lwc i ti. Pob lwc, bois."

Edrychodd at y chwaraewyr oedd yn trafod tactegau yn y Gymraeg a chododd ei fawd i'r awyr.

"Diolch, Syr," atebodd sawl un yn ôl.

Cerddodd Beynon yn ôl tuag at y prif adeilad. Aeth ei

lwybr 'nôl i'w ystafell â fe heibio'r ystafell gerdd. Wrth iddo gerdded heibio clywodd sŵn hyfryd y côr merched wrthi yn ymarfer. Aeth Beynon i mewn i'r ystafell, ac yno wrth ei phiano ac yn canu nerth ei phen gyda'r merched, roedd Mrs. Vicky Rees. Cododd law ar Beynon a gwneud arwydd ar y disgyblion i gymryd hoe.

"Mrs. Rees, plis peidiwch â stopo. Maen nhw'n swnio'n hyfryd. Odych chi'n ystyried ei bod hi'n bryd iddyn nhw gael toriad?" gofynnodd y pennaeth, braidd yn flin ei fod wedi tarfu ar y côr soniarus.

"Ydi, ni wedi bod wrthi ers tipyn nawr. Darn gosod ar gyfer yr Urdd yw'r darn, Mr. Beynon. Ma'r Eisteddfod Sir o fewn pythefnos, felly bydd ymarferion corau bob amser egwyl a chinio yr wythnos 'ma."

"Wrth gwrs, mae'n ddrwg iawn 'da fi 'mod i wedi anghofio, a chithe wedi gorfod mynd drwy arolwg 'fyd."

"O ie, hwnna. Daeth dou mewn i weld fi; un boi rili neis. Cerddodd e mewn hanner ffordd drwy wers. Ges i lond twll o ofon o'i weld e. Beth ma nhw wedi gweud te?"

"'Dyw e ddim yn newyddion da a dweud y gwir, Mrs. Rees. 'Boddhaol, gyda rhai agweddau da' fydd yr adroddiad yn ei ddweud."

"O, dyna fe, 'te... Ddylsen i ddim gweud hyn wrthoch chi, ond fydda i ddim fel arfer yn rhoi llawer o sylw iddyn nhw. Rhy fishi chi'n gweld," chwerthodd Mrs. Rees. "Galla i fwrw 'mlaen nawr, Mr. Beynon? Dim ond pum munud sydd ar ôl o amser egwyl, a bydd y côr iau 'da fi amser cinio."

"Diolch i chi, a sori ferched am darfu ar yr ymarfer. Chi'n swnio'n hyfryd, a bydda i yno i wrando arnoch chi yn yr Eisteddfod Sir."

"Diolch, Syr," atebodd y côr yn unsain.

Gadawodd yr ystafell gerdd a gwncud ei ffordd 'nôl i'w ystafell. Eisteddodd yn y gadair a gwenu wrth iddo gofio geiriau Gwilym Puw.

"Ma hon yn ysgol ardderchog, beth bynnag fydd y dyfarniad swyddogol."

Dydd Gwener:
26 / 1 / 2015
Y Vespa

EISTEDDODD GWILYM WRTH fwrdd y gegin yn eiddgar. Roedd hi'n wyth o'r gloch, ac fel arfer byddai wedi hen adael am ei waith; ond, y bore 'ma, roedd yn mwynhau ei goffi a'i wy wedi ei ferwi, ac roedd geiriau Gorky's yn troelli yn ei glustiau… *"We ain't got school in the morning."*

Gwnaeth eisoes ddisgled o de i Ema, a oedd wedi codi yn gynt na'r arfer. Doedd Ema ddim wedi gweld y sgwter ac roedd Gwilym yn ysu am weld ei hymateb.

Daeth Ema i ddrws y gegin.

"Beth ti'n meddwl, Gwil?"

Doedd hi ddim wedi galw ei gŵr yn "Gwil" ers blynyddoedd.

"Waw," atebodd yntau.

Roedd Ema wedi llwyddo i wasgu ei hunan i mewn i hen bâr o Levi's, a fu yng ngwaelod y drâr ers blynyddoedd, ac wedi prynu crys Fred Perry oddi ar y we nos Fercher.

"Ti wedi colli *loads* o bwyse! Sori bo fi heb sylwi tan nawr. Ti'n edrych yn ffantastig. O ble da'th y jîns a'r crys?"

"Smo ti wedi sylwi ar unrhyw beth dw i'n 'i wisgo ers misoedd, Mr. Puw. Ti wedi bod yn byw yn yr un tŷ â fi, ond y'n ni heb fyw fel gŵr a gwraig am o leiaf blwyddyn."

Cochodd Gwilym. Fe oedd ar fai. Roedd ei feddwl wedi bod ymhell i ffwrdd ers misoedd, ar goll yn ei fyd o ddiflastod, ac wedi anghofio am y bobl a fu agosaf ato ac a ddaliai i fod yn driw iddo.

"Llwyddes i wasgu i mewn i'r trwser sy wedi bod yn y drâr ers dros dri deg o flynyddoedd. 'Nes i ddim 'u taflu nhw achos o nhw'n atgoffa fi o ti a fi pan o'n ni'n dou yn caru. Colles i stôn a hanner yn ystod y misoedd diwetha, boio, a wnest ti ddim sylwi. Ges i'r crys oddi ar Amazon, nos Fercher, ar ôl i ti 'weud ein bod ni'n mynd i drial bod yn *Mods* 'to."

"Cariad, ti'n edrych yn ffab – onest."

Roedd Gwilym yn ei feddwl e.

"Nawr te, ti'n barod i'w weld e?"

"Mae'n dibynnu beth ti'n moyn dangos i fi," meddai Ema yn chwareus.

Roedd Gwilym yn ffili credu bod Ema yn fflyrtan gyda fe. Grêt!

"'Sdim ishe bod yn fochedd, blodyn."

Agorodd Gwilym fleinds ffenest y gegin i ddatgelu'r sgwter newydd, oedd ar y dreif.

"O, Gwil, ma fe'n biwtiffwl," meddai Ema.

"Odi ma fe, a llwyddes i gael e'n newydd; ac fe ges i dipyn bach dros ben am y BMW ofnadw 'na, ar ôl i fi ailystyried y ddêl wnes i'n fyrbwyll wrth wrando ar foi'r tacsi. Fel wedes i ddoe, nage Lambaretta tro 'ma, yn anffodus, ond ma Vespa yn dal i'w hadeiladu nhw i fod yr un peth â sgwters y 60au a'r 70au. Ma nhw'n galw nhw yn *Retro Reissue*."

"Waw, fi'n dwli ar y lliw."

"O'n i'n meddwl y byddet ti," atebodd Gwilym oedd yn dechrau magu gormod o gwils.

"Ewn ni am sbin de? Fi wedi prynu bobo helmet 'fyd. Ma'r diwrnod cyfan 'da ni gan fod Cadi yn dal bant."

"Cyn bo ni'n mynd, ma rhywbeth fi'n moyn dangos i ti 'fyd, Gwilym."

Aeth Ema mas o'r ystafell a dychwelyd gyda'r gliniadur cudd a'i agor ar fwrdd y gegin o flaen Gwilym. Roedd y stori fer ddiweddara eisoes wedi ei hagor ar y sgrin. Darllenodd Gwilym hi'n uchel.

"'Y Gegin Gynnes'. Beth yn gwmws yw hwn de, Ema?"

"Stori fer yw hi. Mae 'na dros ugain o storïau gorffenedig ar y cyfrifiadur bach 'ma. Dyna beth 'wy di bod yn 'neud Gwilym. Ysgrifennu drwy'r amser. Bob munud sbâr; darllen ac ysgrifennu. Roedd e'n help i fi ddianc o'r gell foethus yma. Y dychymyg yw'r allwedd, ti'n gweld."

Teimlai Ema ychydig yn nerfus wrth ddatgelu cynnwys y gliniadur cudd a'r holl storïau roedd hi wedi eu hysgrifennu ers achau, ond hwn oedd yr adeg iawn i'w datgelu.

"Pam na wedest di? Bydden i 'di bod wrth 'y modd yn darllen dy waith."

"Ti wedi bod yn rhy fishi, Gwil; a ni wedi stopio siarad

a thrafod ers ache. Roedd e'n rhwyddach i fi jest dilyn 'y ngreddf, fel wedes i, ysgrifennu er mwyn dianc."

"Sori," meddai Gwilym wrth i don newydd o euogrwydd olchi drosto. "Alla i eu darllen nhw nawr?"

"Gelli, wrth gwrs. Do's dim rhagor o gyfrinache, a fydd 'na ddim yn y dyfodol."

Aeth Gwilym ati i ddarllen teitl y stori ar y cyfrifiadur yn uchel.

"Roedd yn fore Gwener oer ym mis Tachwedd wrth i Graham y ficer ifanc gyrraedd yr eglwys ar gyfer ei shifft gynnar. Aeth heibio'r ciw oedd yn aros yn eiddgar wrth ddrws yr eglwys, a mynd i'r gegin. Yn y gegin, roedd criw bach yn darparu bwyd i'r difreintiedig a'r digartref."

Stopiodd Gwilym ar ôl y paragraff cyntaf.

"Sori Ema, ond ga i ofyn pam ti wedi penderfynu ysgrifennu am elusen yr eglwys fan hyn? Â phob parch, dy'n ni ddim yn gwybod fawr ddim am waith yr eglwysi, odyn ni?"

"Wel, dw i'n gwbod am 'u gwaith nhw," atebodd Ema. Roedd yn bryd iddi ddatgelu pob cyfrinach letchwith.

"Beth ti'n feddwl?"

"Fi wedi bod yn gwirfoddoli mewn cegin elusennol ers misoedd. Bob bore dydd Gwener yn eglwys y dre."

Allai Gwilym ddim â chredu hyn, gan na allai ddychmygu gweld Ema'n gweithio mewn cegin elusennol ymhlith y difreintiedig. Cafodd andros o sioc.

"Jiw, jiw! Ti wedi bod yn fishi. O's rhywbeth arall ti wedi bod yn g'neud y licet ti 'weud wrtha i – tra bo ni wrthi'n rhannu cyfrinache y bore 'ma?"

"'Sdim ishe bod fel'na," atebodd Ema yn amddiffynnol. "Do's dim byd o'i le mewn gwirfoddoli mewn cegin eglwys. 'Wy'n mwynhau y gwaith. Ma nhw'n griw hyfryd, sy'n gwneud gwaith da."

Teimlai Gwilym yn euog. Fe oedd ar fai, yn disgwyl i Ema aros gatre i edrych ar ei ôl e tra ei fod e'n llenwi ei amser yn y gwaith bob dydd – er ei fod bellach wedi diodde rhyw fath o *breakdown*.

"Rili sori, os oeddwn i'n swnio'n sarcastig. Fi'n credu ei bod hi'n wych dy fod ti wedi llenwi dy amser sbâr drwy ysgrifennu storïau. Rhaid dy ganmol 'fyd am wirfoddoli yng nghegin yr eglwys. Plis gwed wrtha i amdano fe. Ma diddordeb 'da fi yn dy waith di."

Esboniodd Ema i Gwilym: "Mae'r Gegin wedi ei lleoli yn festri'r eglwys yn y dre. Ni ar agor unwaith yr wythnos ar y foment, ond efalle y bydd hi'n agor ar ddydd Mercher 'fyd cyn bo hir. Tîm o ddeuddeg sydd wrthi, rhai yn casglu bwyd a rhai yn gwirfoddoli drwy goginio a gweini am dair awr bob bore Gwener. Bydd rhyw chwe deg yn ymweld â'r festri, a Graham y Ficer sydd yn trefnu a chydlynu yr holl fenter…"

Torrodd Gwilym ar draws ei wraig,

"Graham y Ficer. 'Dife fe sy'n cael 'i enwi ym mharagraff cyntaf dy stori di?"

"Ie, 'na fe."

"Shwd fachan yw e, 'te? Ti'n gweud 'i fod e'n ifanc yn y stori."

"Odi ma fe. Ficer ifanc gweithgar, sydd am helpu pobol dlawd yn y dre 'ma."

"Swnio fel tipyn o foi i fi," meddai Gwilym.

Aeth y sgwrs yn dawel. Ema dorrodd ar y tawelwch.

"Gwilym Puw, smo chi'n genfigennus? Wyt ti?"

"Ma lot 'da fi i'w ddysgu am dy fywyd cudd di. Ma fe i gyd yn dipyn o sioc."

"Cymaint o sioc ag a ges i wrth i'r bobi lleol alw 'ma i ddweud dy fod ti wedi bod yn crwydro rownd ar ochr yr hewl yn dy bants?"

Chwerthodd y ddau. Ema oedd yn iawn.

"Ta beth, 'sdim Vespa 'da Graham y ficer; a fi'n moyn bod gyda hen *Mod*, sy'n berchen y sgwter."

Chwerthodd y ddau eto. Roedd Gwilym yn ystyried ei hunan yn ddyn lwcus iawn.

"Ble ewn ni am sbin, 'te?" gofynnodd Gwilym, oedd wedi hurtio'n llwyr gydag agwedd newydd ei wraig.

"Wel, mae'n fore dydd Gwener, felly beth am i ti ddod lawr i Gegin yr Eglwys gyda fi i helpu ac i gwrdd â Graham y ficer a'r criw? Ma nhw'n gofyn amdanot ti drwy'r amser. Gallwn ni ddangos dy sgwter i bawb."

"Ocê."

"Wedyn, gallwn ni fynd am sbin i'r Mwmbwls i weld a o's *Mods* yn dal ar ôl mewn caffi yn rhywle yno. Yna, falle, gallen ni fynd i ryw draeth bach anghysbell, os wyt ti ishe!"

Gwasgodd ei fraich yn gariadus unwaith 'to.

"Blydi grêt," atebodd Gwilym yn syth.

"Dim Aberafan te?"

Chwerthodd y pâr priod a chydio yn ei gilydd yn dynn.

Hefyd o'r Lolfa:

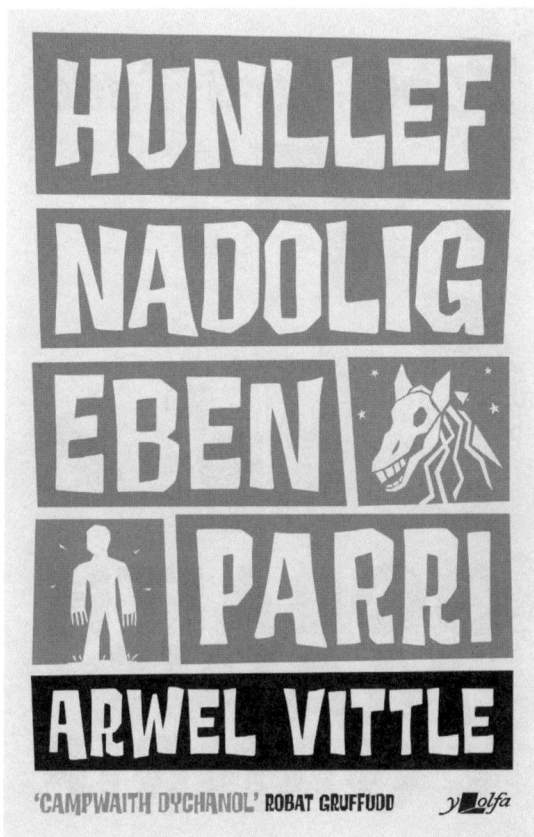

£9.99

BOB MORRIS
Y Cysgod yn y Cof

Nofel ddirgelwch sy'n neidio
rhwng gwersyll gwyliau yn
y chwedegau a'r presennol.

y olfa

£9.99

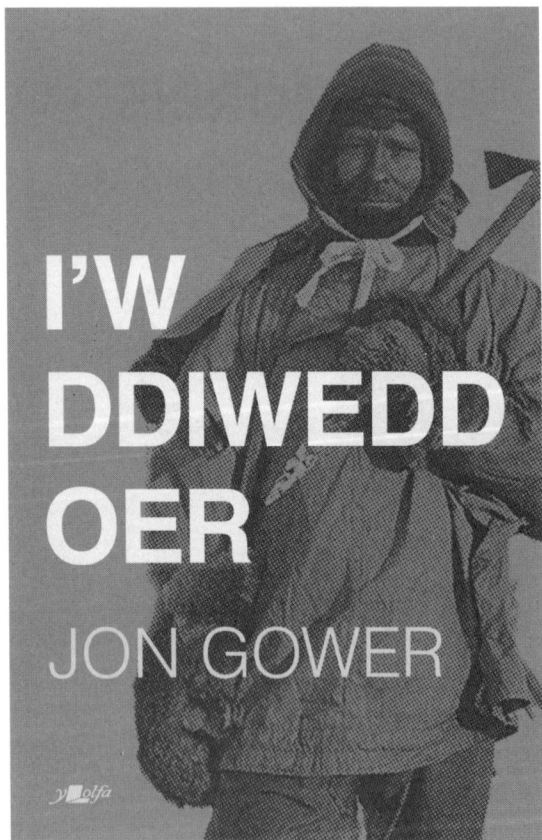

I'W
DDIWEDD
OER

JON GOWER

y Lolfa

£9.99

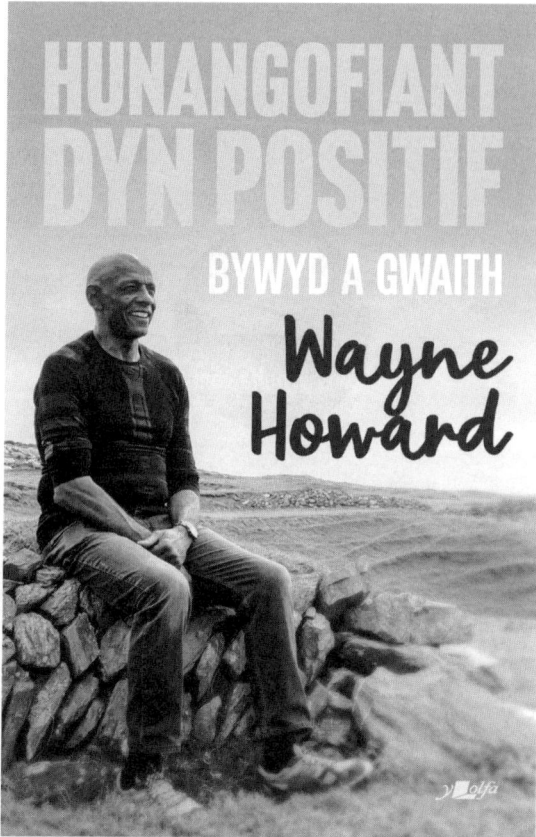

HUNANGOFIANT
DYN POSITIF

BYWYD A GWAITH

Wayne Howard

yr olfa

£9.99